KB209542

"그것을 깨달았을 때 내 인생을 보았고,
내 삶 역시 강과 같다는 걸 알았습니다.

모든 것은 지금 이 순간에 있으며,
그 자체로 본질을 가지며 존재하고 있습니다."

- 본문 중에서

싯다르타

Siddhartha

by Hermann Hesse

깨달음의 길은 어디에 있는가

싯다르타
Siddhartha

헤르만 헤세 지음 \ 랭브릿지 옮김

목 차

<역자의 말>

<작가 소개>

<인물 소개>

<1부>

(1장) 브라만의 아들 - 19

(2장) 사마나들과 함께 - 37

(3장) 고타마 - 55

(4장) 깨달음 - 73

<2부>

(5장) 카말라 - 85

(6장) 어린아이같은 사람들 - 111

(7장) 삼사라 - 129

(8장) 강가에서 - 145

(9장) 뱃사공 - 163

(10장) 아들 - 185

(11장) 옴 - 203

(12장) 고빈다 - 217

<작품 해설>

| 역자의 말 |

『싯다르타』를 번역하는 일은 고대 인도의 깊은 철학적 전통 속에서 헤르만 헤세가 그려낸 한 인간의 내면 여정을 탐구하는 작업이었습니다. 이 작품은 힌두교적 세계관 속에서 출발해 불교적 깨달음으로 이어지는 과정을 담고 있으며, 주인공 싯다르타의 여정은 단순히 한 개인의 이야기라기보다 보편적인 인간의 삶과 진리를 찾아가는 모습을 투영합니다.

번역 과정에서 가장 큰 도전은, 힌두교와 불교라는 두 문화적 축이 서로 연결되면서도 대비되는 이 작품의 철학적 메시지를 한국 독자들에게 자연스럽게 전달하는 일이었습니다. 예컨대, "삼사라", "아트만", "브라흐만"과 같은 용어는 각각의 철학적 맥락과 상징성을 이해하며 번역해야 했고, 브라만(사제 계급)과 같은 사회적 배경을 싯다르타의 성장 과정 속에서 잘 드러내야 했습니다. 싯다르타는 브라만계급의 세계관 속에서 출발하지만, 이를 초월해 자신의 깨달음을 찾아 나섭니다. 이러한 과정은 힌두적 사회에서 출발해 불교적 깨달음으로 이어지는 그의 여정을 가장 잘 설명해 줍니다.

이번 번역은 단순히 텍스트를 옮기는 작업을 넘어, 독자들에게 싯다르타의 여정을 시각적으로도 느낄 수 있도록 일러

스트를 포함하는 시도도 이루어졌습니다. 예를 들어, 싯다르타가 브라만으로서의 삶을 떠나 사마나로서의 고행을 시작하는 장면, 반얀트리 아래에서 고빈다와 함께 명상하는 모습, 그리고 제타바나 정원의 고요한 분위기를 담은 이미지는 텍스트의 깊이를 한층 풍부하게 만들어 줍니다. 이러한 시각적 요소는 독자들이 싯다르타의 내면적 변화와 외부 세계의 조화를 더욱 생생하게 느낄 수 있도록 돕습니다.

『싯다르타』는 단순한 종교적 메시지를 넘어, 우리가 삶에서 마주하는 사랑과 고통, 방황과 깨달음이라는 보편적 경험을 담고 있습니다. 싯다르타가 만나는 인물들, 예컨대 고빈다, 카말라, 그리고 바사데바의 모습은 각각 삶의 다른 측면을 대변하며 독자들에게 많은 것을 생각하게 합니다.

이 번역본이 독자 여러분에게 새로운 사유와 영감을 제공하고, 싯다르타의 발자취를 따라가며 각자의 삶 속에서 깨달음을 발견하는 여정에 동행하기를 바랍니다. 또한 일러스트와 함께 읽으며, 이 여정이 더욱 풍부하고 감각적으로 다가오기를 희망합니다.

- 랭브릿지 번역팀-

헤르만 헤세
(Hermann Hesse, 1877-1962)

생애

헤르만 헤세는 1877년 7월 2일 독일 남서부 칼브에서 태어났다. 그의 부모는 독실한 기독교 선교사였으며, 특히 어머니는 인도의 선교 활동 경험이 있는 사람이었다. 이러한 가정 환경은 헤세에게 깊은 종교적, 철학적 영향을 끼쳤다. 그의 성장 과정은 부모의 엄격한 교육과 종교적 가치관에 의해 큰 영향을 받았으나, 동시에 내면적으로는 반항심과 자유를 추구하는 열망이 강했다.

헤세는 어려서부터 문학에 큰 관심을 보였으며, 학창 시절 시를 쓰거나 문학 작품을 읽으며 성장했다. 하지만 전통적인 교육 체계에 적응하지 못해 여러 차례 학교를 옮겼으며, 결국 신학교에서 중퇴하기에 이른다. 이후 서점에서 견습생으로 일하면서 독학으로 지식을 쌓았고, 이 시기에 다양한 철학적, 문학적 사조에 영향을 받게 된다.

주요작품

헤르만 헤세는 1899년 첫 시집『낭만적인 노래』(Romantische Lieder)를 발표하며 문단에 데뷔했고, 단편집『작은 세계』(Eine Stunde hinter Mitternacht)로 주목받기 시작했다. 초기 작품들은 주로 낭만주의적 감성과 자연을 중심으로 했다.

1919년 출간된『데미안』(Demian)은 헤세 문학의 전환점으로, 제1차 세계대전 이후의 혼란과 새로운 시대정신을 반영하며, 인간 내면의 갈등과 자아 발견을 철학적으로 탐구한다. 이 작품은 "에밀 싱클레어"라는 필명으로 발표되어 젊은 독자층에 큰 반향을 일으켰다.

1922년 발표된『싯다르타』(Siddhartha)는 불교와 힌두교에 영향을 받은 작품으로, 자아 실현과 구도자의 삶을 그렸다. 동양 철학을 바탕으로 한 이 작품은 그의 대표작 중 하나로 자리 잡았다.

1943년 발표된『유리알 유희』(Das Glasperlenspiel)는 그의 가장 방대한 철학적 소설로, 인간 정신의 가능성과 이상적 세계를 탐구한다. 이 작품으로 1946년 노벨문학상을 수상하며 세계적인 명성을 확고히 했다.

철학과 사상

헤르만 헤세의 작품은 인간 내면의 갈등, 자아 탐구, 성장

그리고 초월적 깨달음을 중심으로 한다. 그는 독일 낭만주의와 동양 철학, 그리고 정신분석학(특히 칼 융의 분석심리학)에서 영향을 받아 이를 작품에 융합했다. 동양의 불교와 힌두교 사상이 자주 등장하며, 인간의 내면적 성장과 깨달음의 과정을 강조한다.

| 인물 소개 |

싯다르타
(Siddhartha)

진리를 찾아 세속과 영적 세계를 넘나들며 깨달음과 해탈에 이르는 여정을 걷는 주인공. 그는 스스로의 경험을 통해 진정한 깨달음을 얻는다

고빈다
(Govinda)

싯다르타의 어린 시절부터의 친구이자 동료 수행자. 고빈다는 싯다르타를 깊이 존경하며 그의 여정을 함께하지만, 부처의 가르침에 매료되어 싯다르타와 다른 길을 선택한다.

고타마
(Gotama)

완전한 깨달음을 이룬 위대한 스승. 부처의 가르침은 고빈다에게는 구원이지만, 싯다르타에게는 자신의 길을 찾기 위한 새로운 계기를 제공한다.

카말라
(Kamala)

사랑과 세속적 삶을 가르친 싯다르타의 연인. 그녀는 싯다르타의 아들의 어머니로, 그의 성숙과 내적 성장의 중요한 전환점을 만들어 낸다.

카마스와미 (Kamaswami)	경험 많은 상인으로, 싯다르타에게 세속적 성공과 부의 기술을 가르친다. 그러나 그의 삶은 물질적 세계의 덧없음을 깨닫게 하는 계기가 된다.
바사데바 (Vasudeva)	강의 뱃사공이자 싯다르타의 마지막 스승. 강의 소리를 통해 자연과 조화를 이루며, 싯다르타가 깨달음을 얻도록 도와주는 지혜로운 존재이다.
싯다르타 아들	카말라와 싯다르타의 아들로, 세속적 욕망과 반항적 태도로 아버지와 갈등을 겪는다. 그의 존재는 싯다르타가 집착과 이별을 초월하게 하는 계기가 된다.

제 1 부

경애하는 친구 로맹 롤랑에게.

나에게 파고든 정신의 질식 상태를 문득 절감하게
되었던 1914년 가을, 우리는 민족을 초월한 하나의
믿음 가운데 낯선 언덕에 서서 손을 마주 잡았습니다.
그 후로 나는 당신에게 내 사랑의 표지를 보여드리고
그와 더불어 내 행위의 실증을, 내 사고의 세계를
응시하는 한 줄기 시선을 전하리라는 소망을 품어
왔습니다. 아직 완성하지 못한 이 인도의 시 제1부를
당신께 헌정하오니 부디 받아 주십시오.

-헤르만헤세 올림

1장

브라만의 아들

:

◇◇◇◇◇◇◇◇◇◇◇◇◇◇◇◇◇◇◇◇◇◇◇◇◇◇◇◇◇◇◇◇◇◇

빛나는 이마, 왕의 눈, 좁은 엉덩이를 가진

싯다르타가 도시의 골목을 걸을 때면

브라만 젊은 딸들의 마음에

사랑이 꿈틀거렸다.

◇◇◇◇◇◇◇◇◇◇◇◇◇◇◇◇◇◇◇◇◇◇◇◇◇◇◇◇◇◇◇◇◇◇

.

브라만의 아들

　브라만*의 아름다운 아들 싯다르타는 집 근처 그늘과 강가 햇빛 속에서, 강둑과 사라수나무** 숲의 그늘, 무화과나무 아래에서 친구이자 브라만의 아들인 고빈다와 함께 자랐다. 고빈다 역시 친구이자 브라만의 아들인 싯다르타를 깊이 사랑했다. 태양은 강둑에서 그의 아름다운 어깨를 그을리게 했고, 그는 신성한 목욕재계와 제사 의식을 통해 몸과 마음을 깨끗이 했다. 망고 나무 그늘과 소년 시절 놀이, 어머니의 노랫소리와 신성한 제사 의식, 학자인 아버지의 가르침과 현자들과의

---

* 브라만 : 카스트 제도에서 종교적 의무와 의식을 수행하는 사제 계층을 가리킨다. 이들은 종교적 권위를 가지며 성직자 역할을 수행하는 계급으로, 종종 신성한 지식과 의식을 전수받아 이를 수행하는 사람을 말한다.

** 사라수나무 : 학명은 Shorea robusta. 석가모니 탄생 전설과 관련된 불교의 상징적 나무로, 인도와 네팔 등지에 자생하며 강한 목재와 수지로도 쓰인다.

대화 속에서 싯다르타의 깊고 검은 눈에는 생각의 그림자가 흘러 들어왔다.

오랫동안 그는 현자들의 대화에 참여했고, 고빈다와 함께 논쟁의 기술을 익혔으며, 명상의 기술을 연습했다. 싯다르타는 이미 '옴'이라는 단어, 즉 단어들 중의 단어를 마음속으로 소리 없이 읊조릴 줄 알았고, 들숨과 날숨에 맞춰 마음속으로 그 단어를 말하는 법을 터득했다. 그의 영혼은 집중되어 있었고, 이마에는 맑은 정신의 빛이 서려 있었다. 그는 이미 자기 내면의 아트만을 깨달았으며, 그것이 결코 파괴될 수 없는 것, 우주와 하나된 존재임을 알아차렸다.

아버지는 학문을 갈구하는 아들을 보며 기쁨을 느꼈다. 그는 아들이 위대한 현자이자 사제로 성장하고 있으며, 브라만들 중에서도 군주가 될 것이라고 보았고 그의 어머니 역시 아들이 걸어가는 모습, 앉고 일어서는 모습을 볼 때마다 기쁨을 느꼈다. 싯다르타는 강인하고 아름다웠으며, 늘 완벽한 예의를 갖추고 있었다.

빛나는 이마, 왕의 눈, 좁은 엉덩이를 가진 싯다르타가 도시의 골목을 걸을 때면 브라만젊은 딸들의 마음에 사랑이 꿈틀거렸다.

브라만의 아들이자 싯다르타의 친구인 고빈다는 누구보다 깊이 싯다르타를 사랑했다. 그는 싯다르타의 눈빛과 부드러운

목소리, 걸음걸이와 품위 있는 몸짓을 사랑했다. 싯다르타의 모든 행동과 말을 사랑했고, 그 중에서도 싯다르타의 정신과 높고 불타오르는 사상, 열정적인 의지, 고귀한 소명을 무엇보다도 사랑했다.

고빈다는 자신이 비열한 브라만, 나태한 제사 의식 관리자, 탐욕스러운 마법 주문 판매자, 공허하고 허세 가득한 웅변가, 사악하고 속임수 가득한 사제, 그리고 무리 속의 착하고 순진한 양 떼 같은 사람으로 살 수 없다는 걸 알고 있었다. 고빈다도 다른 수만 명의 브라만처럼 그런 사람이 되고 싶지 않았다. 그는 사랑받는자이자 영광스러운 존재인 싯다르타를 따르고 싶었다.

언젠가 싯다르타가 신의 경지에 이르러 빛나는 존재가 될 때, 고빈다는 그의 친구이자 동료로서, 하인으로서, 그의 창병이자 그림자로서 그를 따르고 싶었다.

이렇게 모든 이들이 싯다르타를 사랑했다. 그는 모두에게 기쁨을 주었고, 모두의 즐거움이었다.

싯다르타는 자신을 위해 즐거움을 만들거나 즐기지 않았다. 그는 무화과나무 동산의 장밋빛 길을 걷고, 사색의 숲 그늘에 앉아, 매일 속죄의 목욕에서 손발을 씻으며 망고 숲의 짙은 그림자 속에서 제사를 지냈다. 품행은 완벽했고, 모든 사람에게 사랑받으며 기쁨을 주었지만, 정작 그의 마음속에는 기쁨이 없었다.

그의 마음속에는 강물처럼 흘러나오고, 밤하늘의 별들처럼 반짝이며, 태양빛 속에 녹아들고, 제사 의식의 연기 속에서 피어 오르며, 리그 베다*의 구절에서 숨 쉬고, 고대 브라만들의 가르침에서 전해져 오는 꿈들과 영혼의 불안한 생각들로 가득했다.

싯다르타는 내면에서 불만이 점점 자라나는 것을 느끼기 시작했다. 아버지와 어머니, 그리고 친구 고빈다의 사랑이 자신을 완전히 채워주지 못할 것임을, 그 사랑만으로는 결코 만족할 수 없고 충분하지 않음을 깨닫기 시작했다. 존경받는 아버지와 여러 스승들, 지혜로운 브라만들이 자신에게 그들의 지혜 중 많은 것을, 최고의 것들까지도 이미 전해주었지만, 그의 내면은 여전히 채워지지 않았다. 정신은 만족스럽지 않았고, 영혼은 평온하지 않았으며, 마음은 여전히 불안했다.

정결 의식은 좋았지만, 그저 물일 뿐이었다. 죄를 완전히 씻어주지도 못했고, 정신의 갈증을 해소해주지도 않았으며, 마음속 두려움을 사라지게 하지도 못했다. 제사와 신에게 드리는 기도는 훌륭했지만, 정말 그게 전부일까? 제사를 통해

---

* 베다 : 산스크리트어로 '지식'을 뜻하며, 힌두교의 가장 오래된 성전이자 모든 사상의 근간이다. 리그베다, 사마베다, 야주르베다, 아타르바베다의 네 가지로 구성되며, 찬송, 노래, 제사 의식 등을 담고 있다. 마지막 부분인 우파니샤드는 철학적 탐구로 우주의 본질을 논하며 인도 철학에 큰 영향을 주었다.

진정한 행복을 얻을 수 있는 걸까? 신들은 정말 어떤 존재일까? 과연 프라자파티*가 세상을 창조했을까, 아니면 유일하고 모든 것과 하나된 아트만**이 세상을 창조한 것이 아닐까? 신들도 나와 너처럼 창조된 존재이고, 결국엔 사라지는 존재가 아닐까? 그렇다면 신들에게 제사를 드리는 것이 과연 의미 있는 일일까? 올바른 일일까? 정말 중요한 일일까? 누구에게 제사를 드려야 하고, 누구를 숭배해야 할까? 유일한 존재, 아트만 외에 그럴 존재가 있을까?

그런데 아트만은 어디에 있을까? 어디에서 그 영원한 심장이 뛰고 있을까? 아트만은 우리 내면, 나 자신 안에 있는 것이 아닐까? 그렇다면 '나', 그 내면의 본질은 어디에 있을까? 그것은 살과 뼈가 아니며, 생각이나 의식도 아니라는 게 현자들의 가르침이었다. 그렇다면 그 본질은 어디에 있는 걸까? 그 '나'로, 내 본질로, 아트만으로 나아가는 길이야 말로 진정 가치 있는 일이 아닐까?

하지만 그 길을 아는 사람은 아무도 없었다. 아버지도, 스승들도, 현자들도, 신성한 제사조차 그 길을 알려주지 못했

---

* 프라자파티 : 산스크리트어로 '생명의 주인'을 뜻하며, 힌두교와 인도 신화에서 창조의 신으로 여겨진다. 그는 만물의 창조자이자 다양한 신들의 아버지로, 우주의 질서를 주관하는 존재로 묘사된다.
** 아트만 : 산스크리트어로 '참된 자아'를 뜻하며, 인도 철학에서 개인의 영혼 또는 내적 본질을 의미한다. 우파니샤드 철학에서는 아트만이 우주의 본질적 실체인 브라흐만과 동일하다고 보며, 이를 깨닫는 것이 해탈의 길로 여겨진다.

다. 브라만들과 그들의 신성한 경전은 세상의 창조 과정, 말과 음식, 호흡과 감각, 신들의 행위까지 모든 것을 알고 있었지만, 정말로 중요한, 유일하게 중요한 것을 모른다면, 그 많은 지식들은 과연 무슨 가치가 있는 것일까?

물론, 많은 성스러운 경전들, 특히 사마베다*의 우파니샤드**는 내면의 궁극적인 것에 대해 언급하고 있었다. "당신의 영혼은 온 세상이다"라는 구절이 있었고, 깊은 잠에 빠진 인간이 자신의 내면으로 들어가 아트만 속에 머문다는 내용도 있었다. 이러한 구절들은 놀라운 지혜로 가득 차 있었고, 가장 현명한 이들의 모든 지식을 마법처럼 한 문장으로 응축해 놓은 듯했다. 마치 꿀벌들이 모은 순수한 꿀처럼 맑고 순수한 것이었다. 이 경전들에 축적된 수많은 세대의 브라만들의 지혜를 결코 가볍게 볼 수 없었다.

그렇다면 이 깊은 지식을 아는 것뿐 아니라 실제로 실천하는 브라만들은 어디에 있을까? 사제들은 어디에 있으며, 현자나 참회자들은 어디에 있을까? 잠에서 깨어나 삶 속에서, 모든 발걸음과 말과 행동을 통해 아트만을 실현하는 진정한

---

* 사마베다 : 힌두교 네 가지 베다 중 하나로, '노래의 지식'을 뜻한다. 찬송가와 기도문으로 구성되며, 주로 의식과 제사에서 낭송된다. 음악적 운율과 멜로디가 강조되어 신을 찬양하고 기리는 종교 의식의 중요한 요소로 사용된다.

** 우파니샤드 : 산스크리트어로 '곁에 앉다'를 뜻하며, 베다의 마지막 부분에 해당하는 힌두교 철학 경전이다. 아트만과 브라흐만의 관계를 논하며, 명상과 깨달음을 통한 진리를 탐구한다.

지혜의 소유자는 어디에 있을까?

싯다르타는 많은 존경받는 브라만들을 알고 있었다. 그 중에서도 아버지, 그 순수하고 학식 있는 인물은 특히 존경스러웠다. 아버지는 고결하고 조용한 삶을 살았으며, 그의 말은 지혜로웠고, 이마에는 섬세하고 고귀한 생각들이 자리 잡고 있었다. 그러나 싯다르타는 생각했다. 과연 아버지가 그렇게 많은 지식을 가지고도 정말로 행복하게 살고 있는가? 평화를 얻었는가? 아니면 여전히 탐구자이자 목마른 자일 뿐인가? 신성한 원천에서 끊임없이 물을 마셔야 하는가? 매일 제사와 경전, 브라만들과의 대화 속에서 그 갈증을 해소하려 애쓰고 있는가? 흠 없는 그가 왜 매일 죄를 씻고 정화를 위해 노력해야만 하는가? 그의 마음속에도 아트만이 있는 것이 아닌가? 그의 내면에도 원천이 흐르고 있는 것이 아닌가?

그 원천을 찾아야 했다. 자신의 내면에서 그 원천을 찾아 자신만의 것으로 만들어야 했다! 그 외의 모든 것은 단지 탐구의 과정이었고 우회였으며 방황일 뿐이었다.

이것이 싯다르타의 생각이자 갈증이었으며, 고통이었다. 그는 종종 찬도갸 우파니샤드의 한 구절을 속으로 되뇌었다.

"참으로, 브라흐만*의 이름은 사티얌이다. 이를 아는 자는

---

* 브라흐만 : 우주적 절대자나 궁극적 실재를 의미하는 철학적 개념으로, 만물의 근원으로서 존재하는 초월적인 실체를 나타낸다. 힌두교 철학에서 매우 중요한 위치를 차지하며 모든 존재의 본질로 여겨지고 있다.

매일 천상의 세계로 들어간다."

천상의 세계가 손에 닿을 듯 가까이 느껴질 때도 있었지만, 그는 결코 완전히 도달하지 못했고 마지막 갈증을 해소하지도 못했다. 그가 아는 모든 현자들과 가장 지혜로운 사람들 중에서도 그 천상의 세계에 완전히 도달한 이는 없었다. 그 영원한 갈증을 완전히 해소한 자는 없었다.

싯다르타는 친구에게 "고빈다, 반얀트리 아래서 나와 함께 명상을 수련하자"라고 말하며 "고빈다야, 나와 함께 명상을 수련하자"라고 다시 말했다.

그들은 반얀트리 아래로 갔다. 싯다르타는 한쪽에 앉고, 고빈다는 스무 걸음 정도 떨어진 곳에 자리를 잡았다. 싯다르타는 자리에 앉아 '옴'을 외울 준비를 하며 중얼거렸다.

"옴은 활이고, 영혼은 화살이며, 브라흐만은 그 화살이 맞혀야 할 목표다. 목표를 놓치지 않고 명중시켜야 한다."

명상의 시간이 끝나고 고빈다가 일어섰다. 오후가 되어 저녁 의식을 치를 시간이 다가왔다. 고빈다는 싯다르타의 이름을 불렀지만, 싯다르타는 대답하지 않았다. 그는 깊이 몰입해 있었고, 시선은 멀리 있는 어떤 목표에 고정되어 있었다. 그의 혀끝이 약간 이빨 사이로 나와 있었고, 마치 숨을 쉬지 않는 듯 보였다. 싯다르타는 깊은 명상 속에 잠겨 있었으며, 그의 영혼은 브라흐만을 향해 화살처럼 날아가고 있었다.

어느 날, 사마나*들이 싯다르타의 마을을 지나갔다. 그들은 세상을 떠돌아다니는 고행자들로, 세 명의 메마르고 여윈 남자들이었다. 그들은 나이가 많지도 젊지도 않았으며, 어깨에는 먼지와 상처가 묻어 있었고, 거의 벌거벗은 채 태양에 그을려 있었다. 그들은 고독 속에 있었고 세상에 대해 낯설고 적대적인 존재처럼 보였다. 인간 세계의 이방인인 그들은 삐쩍 마른 자칼들처럼 보였으며, 그들 뒤로는 뜨거운 열정과 파괴적인 헌신, 무자비한 자아 포기의 기운이 강렬하게 드리워져 있었다.

그날 저녁, 명상이 끝난 후 싯다르타가 고빈다에게 말했다.

"친구여, 내일 아침이 되면 나는 사마나들에게 갈 거야. 나는 사마나가 될 거야."

고빈다는 그 말을 듣고 얼굴이 창백해졌다. 그는 친구의 흔들림 없는 얼굴에서 확고한 결심을 읽었다. 마치 활시위에서 놓인 화살처럼 단호한 결심이었다. 그 순간 고빈다는 한눈에 깨달았다. 이제 시작이구나. 이제 싯다르타가 자신의 길을 걷기 시작하는구나. 그의 운명이 펼쳐지기 시작하고, 그 운명과 함께 나의 운명도 시작되는구나. 고빈다는 마치 말라버린 바나나 껍질처럼 창백해졌다.

---

* 사마나 : 산스크리트어로 '수행자' 또는 '고행자'를 의미하며, 특히 고대 인도에서 금욕적인 생활을 실천하며 진리를 추구하는 사람들을 가리킨다. 사마나는 물질적 소유와 육체적 쾌락을 거부하고 명상과 고행을 통해 해탈과 깨달음을 얻고자 한다.

"오, 싯다르타, 네 아버지가 그걸 허락하실까?" 고빈다가 말했다.

싯다르타는 마치 깨어나는 사람처럼 고빈다를 바라보았고 곧 그의 마음속 두려움과 순종을 단번에 읽어냈다.

"오, 고빈다,"

싯다르타가 조용히 말했다.

"더 이상 말하지 말자. 내일 새벽이 오면 나는 사마나들의 삶을 시작할 거야. 이 이야기는 여기서 끝내자."

그리고 싯다르타는 방으로 들어갔다. 아버지는 바닥에 깔린 갈대 매트 위에 앉아 있었고, 싯다르타는 그의 뒤에 조용히 섰다. 아버지가 그를 느낄 때까지 그는 말없이 서 있었다. 이윽고 아버지가 입을 열었다.

"싯다르타, 너냐? 그렇다면 무슨 말을 하러 왔는지 말해보거라."

"아버지, 허락해 주십시오. 내일 아버지의 집을 떠나 수행자들에게 가고 싶습니다. 사마나가 되는 것이 제 소원입니다. 아버지께서 반대하지 않으셨으면 합니다."

브라만은 아무 말없이 침묵했다. 별들이 작은 창 너머로 지나가며 그 모양을 바꾸기까지, 기나긴 침묵이 흘렀다. 침묵 속에서 팔짱을 낀 채 서 있는 아들과 매트 위에 앉아 있는 아버지는 말없이 하늘을 바라보고 있었다. 마침내 아버지가 입을 열었다.

"브라만에게는 격렬하고 분노에 찬 말을 하는 것이 어울리지 않는다. 하지만 내 마음에 분노가 이는구나. 이 부탁을 네 입에서 두 번 다시 듣고 싶지 않다."

브라만은 천천히 일어섰다. 그러나 싯다르타는 여전히 팔짱을 낀 채 그 자리에 서 있었다.

"무엇을 기다리고 있느냐?" 아버지가 물었다.

"아버지도 아시지 않습니까?" 싯다르타가 대답했다.

아버지는 방을 나가며 불만스러운 마음으로 잠자리로 들어가 누웠다.

한 시간이 지났지만, 잠이 오지 않았다. 브라만은 일어나 방 안을 서성이다가 밖으로 나갔다. 작은 창문을 통해 방 안을 들여다보니, 싯다르타가 여전히 팔짱을 낀 채 꼿꼿이 서 있는 모습이 보였다. 그의 옷이 빛에 반사되어 살짝 희미하게 빛나고 있었다. 불안한 마음으로 아버지는 다시 잠자리에 들었다.

또 한 시간이 흘렀으나, 여전히 잠들지 못했다. 그는 다시 일어나 방 안을 서성거리다가 창문을 통해 들여다보았다. 싯다르타는 여전히 팔짱을 낀 채 서 있었고, 달빛이 그의 맨 종아리에 비치고 있었다. 근심으로 가득 찬 아버지는 다시 잠자리로 돌아갔다.

그 후로도 한 시간, 두 시간이 지나도록 아버지는 계속 일어나 작은 창문을 통해 방 안을 들여다보았다. 싯다르타는 여전히 그 자리에 서 있었고, 달빛과 별빛, 어둠 속에서도 변함없이 꼿꼿이 서 있었다. 매시간마다 아버지는 아들을 바라보며, 침묵 속에서 점차 분노와 불안, 두려움과 슬픔이 마음 깊이 채워져 가고 있었다.

밤이 거의 끝나가고 새벽이 오기 전 마지막 순간에, 아버지는 다시 방으로 들어갔다. 그는 여전히 그 자리에 서 있는 아들을 보았다. 그 순간 싯다르타는 그에게 매우 크고 낯설게 느껴졌다.

"싯다르타," 아버지가 말했다.

"무엇을 기다리고 있느냐?"

"아버지도 아시지 않습니까?" 싯다르타가 대답했다.

"언제까지 이렇게 서 있을 생각이냐? 날이 밝고, 정오가 되고, 저녁이 될 때까지?"

"저는 계속 서서 기다릴 것입니다."

"너는 지치고 말 거다, 싯다르타."

"지치겠지요."

"잠들게 될 것이다, 싯다르타."

"잠들지 않을 것입니다."

"목숨을 잃게 될지도 모른다, 싯다르타."

"그럴지도 모르지요."

"차라리 죽음을 택할지언정, 내 뜻을 따르지 않겠다는 것이냐?"

"싯다르타는 항상 아버지의 뜻을 따랐습니다."

"그렇다면, 이번에도 네 뜻을 꺾겠다는 것이냐?"

"싯다르타는 아버지께서 허락하신다면 그 뜻을 따르겠습니다."

첫 새벽 햇살이 방 안으로 들어왔다. 브라만은 싯다르타의 무릎이 미세하게 떨리는 것을 보았지만, 그의 얼굴은 미동도 없었고, 눈은 멀리 향해 있었다. 그 순간 아버지는 깨달았다. 싯다르타는 이미 마음속으로 그를 떠났다는 것을…

아버지는 싯다르타의 어깨에 손을 얹었다.

"너는 숲으로 가서 사마나가 될 것이다." 아버지가 말했다.

"만약 숲에서 진정한 행복을 찾게 되면, 돌아와 나에게 그 행복을 알려다오. 만약 실망하게 된다면, 다시 돌아와 우리와 함께 신들에게 제사를 드리자. 이제 어머니에게 가서 작별 인사를 하고, 떠나는 이유를 말씀드리거라. 나는 강으로 가서 첫 정결 의식을 치를 시간이구나."

아버지는 아들의 어깨에서 손을 떼고 밖으로 나갔다. 싯다르타는 걸음을 내디디려 했으나, 순간 몸이 흔들렸다. 그는 자세를 가다듬고 아버지께 절을 한 후, 어머니에게 작별 인사를 하러 갔다. 새벽이 밝아오는 고요한 마을을 굽은 다리로 천천히 걸어 떠나려 할 때, 마지막 오두막 옆에서 웅크린 그림자가 일어나 그에게 합류했다. 고빈다였다.

"너도 왔구나." 싯다르타가 미소 지으며 말했다.

"그래, 나도 왔어." 고빈다가 대답했다.

2장

사마나들과 함께

⋮

오랜 시간을 배움에 쏟아왔지만,

아직 끝내지 못한 게 하나 있어.

바로 배울 수 있는 것은

없다는 사실이야!

사마나들과 함께

그날 저녁, 그들은 마른 몸의 사마나들, 즉 고행자들을 따라잡아 그들에게 동행과 복종을 맹세했고, 사마나들은 이를 받아들였다.

싯다르타는 길에서 만난 가난한 브라만에게 자신의 옷을 주었다. 이제 그는 사타구니를 가리는 천과 흙빛의 헐거운 겉옷만 걸쳤다. 그는 하루에 한 번만 음식을 먹었고, 익히지 않은 음식을 섭취했다. 15일 동안 금식하기도 하고, 때로는 28일간 금식하기도 했다. 허벅지와 뺨의 살은 점점 사라졌고, 커진 눈에서는 불타는 듯한 꿈들이 번뜩였다. 마른 손가락에는 긴 손톱이 자랐고, 턱에는 거친 수염이 자라났다. 여인을 마주칠 때 그의 시선은 차갑게 굳었고, 화려하게 차려 입은 사람들이 모인 도시를 지날 때 그의 입가엔 경멸이 흘렀다.

그는 상인들이 거래하는 모습, 사냥하는 왕자, 죽은 자를 위해 울부짖는 사람들, 몸을 파는 창녀, 병자를 돌보는 의사, 파종일을 정하는 사제, 사랑을 나누는 연인, 아이를 돌보는 어머니를 보았다. 그러나 그의 눈에는 그 어떤 것도 가치 있어 보이지 않았다. 모든 것은 거짓이었고, 모든 것에서 썩어가는 냄새가 났다. 세상은 환상으로 가득 차 있어 감각과 행복과 아름다움을 속이고 있었으며, 그 속에 숨어 있는 것은 깨닫지 못한 부패 뿐이었다. 세상은 그에게 쓴맛이었고, 인생은 고통이었다.

싯다르타에게는 단 하나의 목표가 있었다. 그것은 모든 것을 비워내는 것이었다. 갈증과 욕망, 꿈, 기쁨과 슬픔으로부터 완전하게 비워지는 것. 자아를 소멸시켜 더 이상 '자아'가 아닌 상태에서 마음의 평화를 찾고, 자아를 벗어난 깨달음 속에서 기적을 마주하는 것이 그의 목표였다. 자아가 완전히 극복되고 사라져 모든 욕망과 충동이 마음속에서 조용해지면, 그때서야 비로소 마지막 깨달음이 찾아올 것이라 믿었다. 그것은 존재의 가장 깊은 본질, 더 이상 '자아'가 아닌 위대한 비밀이었다.

싯다르타는 말없이 태양 아래 뜨거운 고통 속에 서 있었다. 고통과 갈증으로 불타올랐지만, 그가 더 이상 고통도 갈증도

느끼지 않을 때까지 그 자리에 서 있었다. 비가 내리는 계절에도 침묵 속에 서 있었고, 그의 머리에서 떨어지는 빗물이 차가운 어깨와 허리, 다리를 적셨다. 그가 더 이상 추위를 느끼지 않고, 몸이 침묵 속에 잠길 때까지 그렇게 서 있었다. 그는 가시덤불 속에 웅크리고 앉아 뜨거운 피부에서 피와 고름이 흐르는 것을 느꼈지만, 꼼짝하지 않았다. 더 이상 피가 흐르지 않고, 아무런 고통도 느끼지 않을 때까지 그는 그 자리에 있었다.

싯다르타는 허리를 곧게 펴고 앉아 호흡을 아끼는 법을 배웠다. 적은 호흡으로도 버티는 법을 익혔고, 호흡을 멈추는 법까지 익혔다. 숨을 다스리는 것을 시작으로 심장 박동을 점점 가라앉히는 법을 익혔으며, 마침내 거의 멈출 정도까지 박동을 줄일 수 있었다.

사마나들의 장로에게 가르침을 받은 싯다르타는 자아를 버리고 몰입하는 법을 사마나의 규칙에 따라 연습했다. 어느 날 왜가리가 대나무 숲 위로 날아가자, 싯다르타는 그 왜가리를 자신의 영혼에 받아들였다. 그는 숲과 산을 날아다니며 왜가리가 되어 물고기를 먹고, 왜가리처럼 배고픔을 느끼고, 울고, 마침내 왜가리처럼 죽었다. 또 다른 날, 죽은 자칼이 모래밭에 누워 있었고, 싯다르타의 영혼은 그 자칼의 시체로 들어가 죽은 자칼이 되었다. 그는 모래밭에 누워 몸이 부풀어 오르고, 썩어가며, 하이에나들에게 뜯기고 독수리들에게 살이 벗겨져 마침내 해골이 되어 먼지로 변해 들판에 흩어졌다.

싯다르타의 영혼은 다시 돌아왔다. 그는 죽고, 썩고, 흩어지며 순환의 혼란스러운 취기를 맛보았다. 그리고 새로운 갈증을 느끼며 기다렸다. 순환에서 벗어날 틈을, 고통 없는 영원의 시작을 찾기 위해 기다렸다. 그는 감각을 죽이고, 기억을 죽이며 수많은 다른 형태 속으로 자신을 내던졌다. 그는 동물이 되었고, 썩은 시체가 되었으며, 돌과 나무가 되고, 물이 되었다. 그러나 매번 깨어날 때마다 자신이 다시 자아로 돌아온 것을 발견했다. 해가 되고 달이 되어도, 그는 다시 자아 속에서 갈증을 느끼며 흔들리고 있었다. 갈증을 이겨냈다고 생각할 때마다 새로운 갈증이 다시 찾아왔다.

싯다르타는 사마나들에게서 많은 것을 배웠다. 그는 자아를 떠나는 여러 길을 걸어갔다. 고통을 자발적으로 체험하고 극복하는 과정을 통해, 굶주림과 갈증, 피로를 이겨내며 자아를 벗어나는 법을 익혔다. 그는 명상을 통해 자아를 비우는 법을 배웠고, 모든 생각과 감각을 비우는 것을 연습했다. 이러한 것을 수없이 반복하면서 그는 천 번도 넘게 자아를 떠나, 오랜 시간 동안 '자아'가 없는 상태로 머물렀다. 하지만 이 모든 것이 자아를 떠나는 길이었음에도, 결국 그 끝은 언제나 자아로 돌아오는 것이었다. 싯다르타는 천 번이나 자아를 떠나 무(無)에 머물며, 동물이나 돌이 되는 경험을 했지만, 결국에는 언제나 자아로 돌아와야 했다. 태양 아래서든, 달빛 아래서든, 그늘 속에서든, 빗속에서든 그는 다시 자신이 누구인지 깨닫고, 다시 싯다르타가 되어 그 끝없는 순환의 고통을 느꼈다.

그의 곁에는 고빈다가 있었다. 고빈다는 그의 그림자처럼 함께하며 같은 길을 걷고, 같은 고행을 겪었다. 두 사람은 필요한 말 외에는 거의 대화하지 않았다. 가끔은 함께 마을로 가서 자신들과 스승들을 위한 음식을 구걸하곤 했다.

"어떻게 생각해, 고빈다?"

어느 날 구걸하러 가는 길에 싯다르타가 물었다.

"우리가 제대로 나아가고 있다고 생각해? 목표에 가까워졌다고 볼 수 있을까?"

"우리는 많은 것을 배웠고, 앞으로도 계속 배울 거야. 너는 훌륭한 사마나가 될 거야, 싯다르타. 너는 모든 수행을 빠르게 익혔고, 종종 나이 든 사마나들이 너를 칭찬하곤 했지. 언젠가 성자가 될 거야, 오 싯다르타."

"나는 그렇게 생각하지 않아, 고빈다. 지금까지 내가 사마나들에게서 배운 것들은 어쩌면 훨씬 더 빠르고 쉽게 배울 수 있었을지도 몰라. 창녀들이 있는 술집에서도, 짐꾼이나 도박꾼들 사이에서도 말이야."

고빈다가 웃으며 말했다.

"싯다르타, 너 지금 나랑 농담하는 거지? 네가 어떻게 그런 곳에서 몰입의 기술을, 숨을 멈추는 법을, 배고픔과 고통에 무감각해지는 법을 배울 수 있었겠어?"

그러자 싯다르타는 혼잣말하듯 부드럽게 말했다.

"명상이란 무엇인가? 몸을 떠나는 것, 금식, 숨을 멈추는 것이란 무엇일까? 그건 결국 자아로부터의 도피일 뿐이야. 자아의 고통에서 잠시 벗어나고, 삶의 고통과 무의미함으로부터 잠시 마취되는 것일 뿐이지. 마치 짐꾼이 술집에서 몇 잔의 막걸리나 발효된 코코넛 술을 마시고 잠드는 것과 같은 도피야. 그들도 잠시 동안 자아와 삶의 고통을 느끼지 못하고, 그 짧은 마취 속에서 쉼을 얻는 거야. 싯다르타와 고빈다가 긴 수행 속에서 자아를 떠나 무(無)에 머무를 때와 짐꾼이 술에 잠길 때가 다를 게 뭐가 있겠어. 그렇지 않을까, 고빈다?"

"그렇게 말하지만, 오 친구여, 너도 알잖아. 싯다르타는 짐꾼이 아니고, 사마나는 술꾼이 아니야. 물론, 술꾼도 잠깐의 마취 속에서 도피와 쉼을 찾겠지. 하지만 그가 깨어나면 모든 것이 그대로야. 그는 더 지혜로워지지 않았고, 어떤 깨달음도 얻지 못했어. 아무 단계도 오르지 못했지."

싯다르타는 미소 지으며 말했다.

"그건 잘 모르겠어. 나는 술꾼이 되어 본 적이 없으니까. 하지만, 지금 내가 수행과 명상을 통해 얻는 것이 단지 잠깐의 마취에 불과하고, 내가 어렸을 때 어머니의 뱃속에 있을 때처럼 여전히 지혜나 해탈에서 멀리 떨어져 있다는 건 분명해."

또 어느 날, 싯다르타와 고빈다가 숲을 나와 마을로 내려가 형제들과 스승들을 위한 음식을 구걸하러 가는 길에 싯다르타가 말했다.

"어떻게 생각해, 고빈다? 우리가 지금 제대로 된 길을 가고 있는 걸까? 정말로 깨달음에 가까워지고 있는 걸까? 아니면 우리가 모르는 사이에 그저 순환 속을 돌고 있는 건 아닐까? 벗어나려 했던 그 순환 속에서 말이야."

고빈다가 대답했다.

"우리는 많은 것을 배웠지만, 아직 배울 것도 많아, 싯다르타. 우리는 빙글빙글 도는 게 아니라 위로 나아가고 있어. 그 순환은 나선형이고, 우리는 이미 몇 단계는 올라섰지."

"우리의 가장 나이 많은 사마나, 존경받는 스승님은 몇 살일까, 고빈다?"

"싯다르타, 그 분은 아마도 예순 정도 되셨을 거야."

"고빈다, 그 분은 예순이 되었지만 아직도 열반에 도달하지 못했어. 일흔이 되고, 여든이 되더라도, 그분은 너와 나처럼 수행하고, 금식하고, 명상을 계속할 거야. 하지만 열반에 도달하지 못할 거야. 우리도 마찬가지지. 고빈다, 나는 이렇게 생각해. 이 세상에 있는 모든 사마나들 중에서, 아마 단 한 명도 열반에 도달하지 못할 거라고… 우리는 위안을 찾고, 잠깐의 마취를 찾으며, 스스로를 속일 기술을 익힐 뿐이야. 하지만 진정으로 중요한 것, 길 중의 길을 우리는 찾지 못하고 있어."

"싯다르타, 그런 무서운 말은 하지 마, 어떻게 그렇게 많은 학식 있는 사람들, 수많은 브라만들, 엄격하고 존경받는 사마나들, 그렇게 많은 구도자들과 진지하게 헌신하는 성스러운 사람들이 길 중의 길을 찾지 못할 수가 있겠어?"

그러나 싯다르타는 조롱하는 듯 슬픔이 담긴 부드러운 목소리로 말했다.

"고빈다, 곧 네 친구는 이 사마나들의 길을 떠날 거야. 나는 여전히 목이 마르지만, 오랜 세월 사마나의 길을 걷는 동안에도 내 갈증은 전혀 해소되지 않았어. 나는 늘 깨달음을 갈망했고, 언제나 질문들로 가득 차 있었지. 해마다 브라만들에게 질문했고, 성스러운 베다에게, 경건한 사마나들에게 물어왔어. 그런데 어쩌면, 고빈다, 내가 코뿔새나 침팬지에게 질문했어도 똑같이 현명하고 유익했을지도 몰라.

오랜 시간을 배움에 쏟아왔지만, 아직 끝내지 못한 게 하나 있어. 바로 배울 수 있는 것은 없다는 사실이야! 내가 생각하기에, 우리가 '배움'이라 부르는 것은 실제로 존재하지 않아.

오 나의 친구, 이 세상에 존재하는 것은 단 하나의 지식뿐이지. 그건 아트만이며, 그 지식은 내 안에도, 네 안에도, 모든 존재 안에 있어. 그래서 나는 이제 믿기 시작했어. 이 지식의 가장 큰 적이 '알고자 하는 욕망'과 '배우려는 의지'라는 것을 말이야."

고빈다는 그 자리에서 멈춰 섰다. 그는 두 손을 들어 올리며 말했다.

"싯다르타, 제발 나를 그런 말로 두렵게 하지 마! 정말이야, 네 말은 내 마음에 두려움을 불러일으켜. 그리고 생각해 봐. 기도의 성스러움은 어디로 가는 거지? 브라만의 존엄은 어디로 가고, 사마나들의 성스러움은 어디로 가는 거야? 만약 네 말이 사실이라면, 배움이 존재하지 않는다면 말이야! 오, 싯다르타, 그럼 세상에서 성스럽고 귀중하며 존경받는 모든 것은 어떻게 되는 거야?"

고빈다는 우파니샤드의 한 구절을 혼잣말처럼 중얼거렸다.

'명상하는 자, 정화된 마음으로 아트만 속에 잠길 때, 그 마음의 행복은 말로 표현할 수 없는 것이다.'

싯다르타는 잠시 침묵하며 고빈다의 말을 곱씹으며 깊이 생각했다.

그는 고개를 숙인 채 생각했다.

'그렇다면 우리가 성스럽다고 여겼던 모든 것은 무엇으로 남을까? 무엇이 남겠는가? 무엇이 입증될 수 있을까?' 그는 고개를 저었다.

어느 날, 두 젊은이가 사마나들과 함께 3년을 보내며 수행에 몰두하고 있을 때, 여러 경로로 소식 하나가 전해졌다. 한 사람이 나타났다는 소식이었다. 그 사람은 '고타마*'라 불리는 존귀한 분, 부처라 했다. 그는 이 세상의 고통을 극복하고 윤회의 수레바퀴를 멈추었다고 했다. 제자들에게 둘러싸여 가르침을 전하며 무소유의 삶을 살고, 집도 아내도 없이 황색의 고행자 옷을 입고 있었으며, 얼굴은 평온했고, 행복에 가득 찬 모습이라고 했다. 브라만들과 왕자들까지도 그의 앞에 머리를 숙이고 그의 제자가 되었다고 전해졌다.

이 이야기는, 이 소문은, 이 전설은 곳곳에서 퍼져 나갔다. 도시에선 브라만들이, 숲에선 사마나들이 고타마, 즉 부처에 대해 이야기했다. 그 이름은 젊은이들의 귀에 자주 들려왔고, 때로는 칭송으로, 때로는 비난으로 다가왔다.

마치 나라에 역병이 돌고, 어떤 현자가 한 마디 말과 숨결만으로도 역병에 걸린 모든 이를 치유할 수 있다는 소문이 퍼질 때처럼, 이 이야기는 온 나라를 휩쓸었다. 많은 이들이 믿었고, 또 많은 이들이 의심했지만, 많은 사람들이 그 현자를

---

* 고타마 : 석가모니 부처의 이름으로, 기원전 5세기경 인도 왕족 출신으로 출가해 불교를 창시했다. 그는 고통과 윤회를 벗어나는 길로 팔정도와 사성제를 가르치며 깨달은 자로 존경받는다.

찾아 길을 떠났다. 그렇게 이 땅을 휩쓴 전설은 바로 '고타마', 부처에 대한 것이었다. 그는 사키아 종족* 출신의 현자로, 신봉자들에 따르면 최고의 깨달음을 얻고 과거 생을 기억하며 열반**에 도달해 윤회의 흐름을 벗어났다고 했다. 그는 더 이상 혼탁한 생성의 강에 몸을 담그지 않았다.

그에 대한 놀라운 이야기들이 전해졌다. 그는 기적을 행하고, 악마를 물리치며, 신들과 대화를 나누었다고 했다. 하지만 적들과 회의론자들은 그를 허영에 가득 찬 유혹자로 보았다. 그들은 그가 쾌락 속에 살며, 제사를 경멸하고, 학식도 없으며, 수행이나 고행을 알지 못한다고 비난했다.

부처에 대한 이야기는 달콤했고, 마법 같은 매력을 지니고 있었다. 세상은 병들어 있었고, 삶은 견디기 힘들었지만, 여기에 한 샘물이 솟아나는 듯했다. 한 전령의 소리가 위로와 온화함으로 가득 차 있었고, 고귀한 약속이 담겨 있었다. 인도의 곳곳에 부처에 대한 소문이 퍼져 나갈 때, 젊은이들은 그 소리에 귀를 기울였고, 갈망과 희망을 느꼈다. 도시와 마을의 브라만아들들 사이에서 그 거룩한 자, '석가모니'의 소

---

* 사키아 종족 : 석가모니 부처의 출신 부족으로, 고대 인도 북부와 네팔 남부 지역에 위치한 자립적이고 강인한 전사 종족이다. 부처가 태어난 카필라바스투 왕국이 이 종족의 중심지로, 부처의 출가와 깨달음은 사키아의 전사적 정신과 깊이 연결되어 있다.

** 열반 : 산스크리트어로 '꺼짐' 또는 '소멸'을 뜻하며, 불교에서 모든 욕망과 고통이 사라진 해탈의 상태를 의미한다. 열반에 이른다는 것은 윤회와 생사의 고통에서 벗어나 더 이상 태어나지 않음을 뜻하며, 완전한 평화와 자유를 상징한다. 이는 깨달음을 얻은 자가 도달하는 궁극의 경지로, 번뇌와 집착이 완전히 소멸된 상태로 묘사된다.

식을 전해주는 순례자와 이방인은 언제나 환영받았다.

숲속의 사마나들, 그리고 싯다르타와 고빈다에게도 이 소문은 천천히, 한 방울씩 들려왔다. 한 방울은 희망으로 가득했고, 또 다른 한 방울은 의심으로 무거웠다. 그들은 이 이야기에 대해 많이 말하지 않았다. 사마나들의 장로는 이 이야기를 좋아하지 않았기 때문이다. 그는 부처라 불리는 고타마가 한때 고행자였고 숲속에서 살았으나, 나중에 세속의 삶으로 돌아갔다고 들었기에 그를 탐탁지 않게 여겼다.

"오, 싯다르타," 어느 날 고빈다가 친구에게 말했다.

"오늘 마을에 갔었는데, 한 브라만이 나를 집으로 초대했어. 그 집에 마가다에서 온 브라만의 아들이 있었는데, 그가 자신의 두 눈으로 부처를 보고 그의 가르침을 직접 들었다고 했어. 정말 그 이야기를 듣는 순간 내 가슴이 아팠어. 그리고 마음속으로 생각했지. '나도, 아니 우리 둘, 싯다르타와 나도, 그 완전한 자의 입에서 직접 가르침을 들을 수 있다면 얼마나 좋을까!' 친구여, 우리도 그곳으로 가서 부처의 가르침을 직접 들어보지 않겠나?"

"나는 항상 고빈다가 사마나들과 남을 거라고 생각했네. 예순이 되고, 일흔이 될 때까지 사마나의 덕목을 지키고 수행을 이어갈 거라고 믿었어. 하지만 내가 고빈다를 너무 몰랐던 것 같군. 이제 보니, 소중한 친구여, 너는 새로운 길을 택하려 하는군. 부처의 가르침이 있는 곳으로 가려 하는 것 같아."

"너는 나를 조롱하고 있군. 그래도 괜찮아, 싯다르타여! 하지만 너 역시 그 가르침을 듣고 싶다는 열망이 생기지 않았나? 게다가 한때 네가 나에게 말하지 않았던가? 사마나들의 길을 오래 걷지 않을 거라고..."

싯다르타는 특유의 방식으로 웃었다. 그 웃음 속에는 슬픔과 조롱이 섞여 있었다.

"그래, 고빈다, 잘 기억하고 있구나. 그리고 내가 한 말 중 다른 것도 기억해 주기 바란다. 내가 가르침과 배움에 점점 회의적이고 피로해졌다는 것, 스승들이 우리에게 전하는 말에 대한 나의 믿음이 약해졌다는 것도 말이야. 그래도 괜찮아, 친구여. 나는 그 가르침을 들을 준비가 되어 있어. 비록 내 마음속에서는 우리가 이미 그 가르침의 가장 좋은 열매를 맛보았다고 믿고 있지만 말이야."

"싯다르타, 네가 그 가르침을 들을 준비가 되었다니 기쁘구나. 하지만 말해줘, 그게 어떻게 가능한 일인지? 우리가 아직 고타마의 가르침을 듣지도 않았는데, 그 가르침이 우리에게 가장 좋은 열매를 이미 주었다니, 어떻게 그럴 수 있단 말이야?"

"이 열매를 즐기고, 나머지는 기다려 보자, 고빈다! 우리가 고타마에게서 받은 첫 번째 열매는 바로 그가 우리를 사마나들의 길에서 벗어나게 해줬다는 사실이야! 그가 우리에게 더 나은 것을 줄지 어떨지는, 오 친구여, 우리 마음을 차분히 하고 기다려 보자고."

그날, 싯다르타는 사마나들의 장로에게 자신이 떠나겠다는 결정을 알렸다. 그는 젊은 제자로서 마땅히 지켜야 할 예의와 겸손을 다해 이 결심을 전했다. 그러나 장로는 두 젊은이가 자신을 떠난다는 사실에 크게 분노하며, 거친 말들을 쏟아냈다. 고빈다는 장로의 말에 놀라 당황했지만, 싯다르타는 고빈다의 귀에 대고 속삭였다.

"이제 내가 그 노인에게 내가 배운 것을 보여줄 차례야."

싯다르타는 사마나 장로 가까이에 서서 정신을 집중했다. 그는 장로의 시선을 붙잡고, 조용히 그를 제압했다. 장로는 점차 말을 잃고, 의지도 사라졌다. 싯다르타의 뜻에 완전히 사로잡힌 장로는 그의 명령을 따를 수밖에 없었다. 싯다르타는 침묵 속에서 장로에게 자신의 뜻을 전달했다. 그러자 장로는 아무 말없이 굳어졌고, 멍한 눈빛에 의지가 마비된 듯 보였다. 그의 팔은 축 늘어졌고, 싯다르타의 매혹에 완전히 사로잡힌 상태가 되었다. 싯다르타의 생각이 장로의 마음을 지배했고, 장로는 그의 명령에 따라야 했다. 그래서 장로는 몇 번이고 고개를 숙이며 축복의 몸짓을 하고, 중얼거리며 신성한 여행의 축복을 빌어주었다.

두 젊은이는 감사의 인사를 드리며 절을 하고, 장로의 축복을 받고 떠났다.

길을 가던 중, 고빈다가 말했다.

"오, 싯다르타, 너는 사마나들에게서 내가 알지 못했던 것을 많이 배웠구나. 나이 많은 사마나를 매혹하는 일은 정말 어려운 일이야. 진실로, 네가 계속 사마나로 남았다면 곧 물 위를 걷는 법도 배웠을 거야."

"나는 물 위를 걷고 싶지 않아,"

"그런 재주에 만족하는건 늙은 사마나들이나 할 일이야!"

3장

고타마

⋮

이 가르침의 목적은 다르다.
그 목적은 고통으로부터의 해탈이다.

이것이 내가 가르치는 전부이며,
그 외에는 아무것도 가르치지 않노라.

고타마

슈라바스티 마을에서는 모든 아이들이 고귀한 부처님의 이름을 알고 있었고, 집집마다 고타마의 제자들인 침묵의 수행자들을 위해 보시 그릇을 채울 준비가 되어 있었다. 마을 근처에는 고타마가 가장 좋아하는 거처인 제타바나* 숲이 있었는데, 이는 고타마의 헌신적인 신봉자인 부유한 상인 아나타핀디카가 고타마와 그의 제자들에게 선물로 준 곳이었다.

고타마의 행방을 찾기 위해 길을 나선 두 젊은 수행자는 모든 이야기와 안내가 이 지역을 가리키는 것을 알게 되었다. 슈라바스티에 도착하자, 그들은 첫 번째 집에 들러 음식을 청

---

* 제타바나 : 산스크리트어로 '제타의 숲'을 뜻하며, 부처가 제타 왕자로부터 받아 기원정사를 세운 불교 수행처. 사라바스티에 위치한 이곳은 부처가 설법과 안거를 행하며 초기 불교 공동체와 교리가 발전한 중심지로 중요하게 여겨진다.

했고, 싯다르타는 여인에게 음식을 받아들고 물었다.

"자비로운 여인이시여, 우리가 알고자 하는 것은 가장 존경받는 부처님께서 어디에 계신가 하는 것입니다. 우리는 숲에서 온 두 명의 사마나로, 그 완전한 분을 뵙고 그의 가르침을 듣기 위해 왔습니다."

"숲에서 온 사마나들이여, 참으로 그대들은 바로 이곳에 잘 도착하셨습니다. 아나타핀디카의 정원인 제타바나에 존귀한 부처님께서 머물고 계십니다. 순례자들이여, 그곳에서 하룻밤을 묵으실 수 있을 것입니다. 그곳에는 그의 가르침을 들으러 몰려드는 많은 사람들을 위한 충분한 공간이 마련되어 있습니다."

"그렇다면 우리의 목표는 달성되었고, 우리의 여정도 끝났군요! 순례자의 어머니여, 당신은 그분, 부처님을 알고 계십니까? 직접 뵌 적이 있으십니까?"

"여러 번 뵈었습니다. 많은 날 동안 노란 가사를 입고 거리에서 침묵 속에 걷는 그분을 보았고, 집집마다 문 앞에서 보시 그릇을 조용히 내미는 모습도 보았어요. 그릇이 가득 차면 그것을 들고 다시 걸어가시는 모습도 여러 번 보았답니다."

고빈다는 열심히 경청하며 더 많은 질문을 하고 싶었지만, 싯다르타가 계속 가자고 재촉했다. 마침 고타마의 공동체에서 온 순례자들과 승려들이 제타바나로 향하고 있어서 그들

은 서둘러 고맙다고 인사만 하고 길을 물어볼 필요 없이 따라 나섰다. 그들이 밤늦게 그곳에 도착하자, 숙소를 구하려는 사람들과 제공받으려는 사람들로 북적였다. 숲에서의 생활에 익숙한 두 사마나는 신속하게 숙소를 찾아 조용히 자리 잡고 아침까지 쉬었다.

해가 뜨자, 그들은 놀라운 광경을 목격했다. 많은 신자들과 호기심을 가진 사람들이 그곳에서 밤을 보낸 것이다. 아름다운 숲의 모든 길에는 노란 가사를 입은 승려들이 거닐고 있었고, 나무들 사이에는 명상에 잠기거나 정신적인 대화를 나누는 모습들이 여기저기 보였다. 정원은 마치 작은 도시처럼 사람들로 가득 차 있었고, 그곳은 마치 벌떼처럼 북적였다. 대부분의 승려들은 보시 그릇을 들고 나가 점심을 위한 음식을 구걸하고 있었고, 이는 그날의 유일한 식사였다. 부처님 또한 아침에 구걸을 나가곤 했다.

싯다르타는 부처님을 보았다. 그리고 마치 신이 그를 인도한 것처럼 곧바로 그가 부처님임을 알아보았다. 그가 본 부처님은 노란 가사를 입고 보시 그릇을 손에 든 채 조용히 걸어가는 한결같이 단순한 모습의 남자였다.

"저길 봐!" 싯다르타가 고빈다에게 조용히 말했다.

"저 분이 바로 부처님이신 것 같아."

고빈다는 노란 가사를 입은 그 승려를 주의 깊게 바라보았다. 그 모습은 수백 명의 다른 승려들과 다를 바 없었다. 그러나 이내 고빈다도 깨달았다. 바로 이분이구나. 그리고 두 사람은 그를 따라가며 지켜보았다.

부처님은 생각에 잠긴 채 길을 걸었고, 그의 고요한 얼굴은 행복하지도 슬프지도 않았으며, 내면으로 조용히 미소 짓는 듯했다. 부처님은 건강한 어린아이처럼 차분하고 고요한 미소를 지으며, 다른 승려들과 똑같이 걷고, 가사를 입고, 발을 내디뎠다. 그러나 부처님의 얼굴과 걸음걸이, 낮춘 시선, 늘어진 손, 손가락 하나하나가 평화를 전하고 완벽함을 말해주었다. 그 모습은 추구하지도 않고 모방하지도 않으며, 사라지지 않는 고요와 빛 속에서, 만질 수 없는 평화 속에서 부드럽게 숨 쉬고 있었다.

이렇게 고타마는 도시로 향해 사람들에게서 자비를 구하며 걸어갔다. 두 사마나는 그를 따라가며, 그가 지닌 평온함의 완전함을 통해 그를 알아보았다. 그의 모습에는 추구도, 욕망도, 모방도, 노력도 보이지 않았고, 오직 빛과 평화만이 계속 감돌았다.

"오늘 우리는 그의 입에서 직접 가르침을 듣게 될 거야,"

싯다르타는 대답하지 않았다. 그는 그 가르침에 특별한 호기심을 느끼지 않았고, 그것이 자신에게 새로운 무언가를 가르쳐 줄 것이라고 믿지도 않았다. 고빈다처럼 싯다르타도 불교의 가르침에 대해 이미 수차례 듣고 알고 있었기 때문이다. 그것이 두 번째, 세 번째 손을 거쳐 전해진 이야기일지라도 말이다. 그러나 그는 고타마의 머리, 어깨, 발, 그리고 조용히 늘어진 손을 주의 깊게 바라보았다. 그 손의 손가락 하나하나가 가르침처럼 보였다. 손가락 하나하나가 마치 말하고, 숨쉬며, 진리의 향기를 내뿜고, 진리로 빛나는 듯했다. 이 사람, 이 부처님은 진정으로 거룩한 분이었다. 싯다르타는 한 번도 이토록 사람을 경외해 본 적도, 사랑해 본 적도 없었다.

그들은 부처님을 따라 도시까지 갔다가 조용히 돌아왔다. 오늘은 음식을 먹지 않기로 결심했기 때문이다. 그들은 고타마가 돌아와 제자들과 함께 새 한 마리조차 배불리 먹지 못했을 듯한 소량의 음식을 먹고 나서 망고나무 그늘로 물러나는 모습을 지켜보았다.

그러나 저녁이 되어 더위가 가라앉고, 모두가 다시 모여 활기를 되찾았을 때, 그들은 부처님의 가르침을 들었다. 그의 목소리 또한 완벽했고, 깊은 평온함이 가득 담겨 있었다. 고타마는 고통에 대한 가르침과 고통의 기원, 그리고 고통을 멈추는 길에 대해 설파했다. 그의 조용한 말은 차분하고 맑게 흘러나왔다. 고통이란 곧 삶이었고, 세상은 고통으로 가득 차 있었지만, 그 고통에서 벗어나는 길이 있었다. 부처님의 길을 따르는 자는 구원을 찾을 수 있었다. 부드럽지만 단호한 목소리로 고타마는 네 가지 진리를 가르치고, 팔정도(八正道)를 설명하며, 인내심을 갖고 예시를 들고 반복하며 익숙한 가르침의 길을 따랐다. 그의 목소리는 맑고 고요하게 듣는 이들 위로 퍼져 나가, 마치 빛과 별이 가득한 하늘처럼 그들을 감싸 안았다.

밤이 되었을 때 부처님은 설법을 마치셨고, 여러 순례자들이 나와 부처님의 공동체에 받아들여 줄 것을 청하며, 그의 가르침에 의지하고자 했다. 그러자 고타마는 그들을 받아들이며 말씀하셨다.

"너희는 가르침을 잘 들었고, 그 가르침은 분명하게 전해졌다. 이제 와서 거룩한 길을 함께 걸으며 모든 고통을 끝내도록 하여라."

그리고 그곳에 고빈다도 나와 수줍게 말했다.

"저 또한 존귀한 분과 그의 가르침에 귀의합니다."

그러고는 제자로 받아줄 것을 청했고, 곧 받아들여졌다.

그 후, 부처님이 밤의 휴식을 취하러 물러나자 고빈다는 싯다르타에게 다가가 간절하게 말했다.

"싯다르타, 내가 너를 비난할 처지는 아니지만, 우리 둘 다 존귀한 분의 가르침을 들었고, 나는 그 가르침에 귀의하기로 결정했어. 친구여 너는 어떻게 할거니? 우리도 구원의 길을 함께 걸어가자. 지체하지 말고, 망설이지 말고 이 길을 선택하자."

고빈다의 말을 들은 싯다르타는 마치 잠에서 깨어난 듯했다. 그는 오랫동안 고빈다의 얼굴을 바라보았다. 그러고는 조용히 말했다.

"고빈다, 나의 친구여, 이제 네가 그 발걸음을 내디뎠구나. 이제 네가 스스로 그 길을 선택했구나. 고빈다여, 언제나 너는 내 친구였고, 언제나 내 뒤에서 한 걸음 떨어져 따라왔지. 나는 종종 생각했어. 고빈다도 언젠가는 자신의 영혼에서 나온 결단으로 스스로 한 걸음을 내딛겠지. 그런데 이제 네가 스스로 길을 택했구나. 너는 이제 남자가 되었고, 네 스스로의 길을 걸어가게 되었어. 그 길을 끝까지, 오 나의 친구여! 구원을 찾기를 바란다!"

고빈다는 여전히 이해하지 못한 채, 약간의 초조함이 담긴 목소리로 다시 물었다.

"제발 말해줘, 부탁이야, 나의 현명한 친구여! 너도 당연히 그 존귀한 부처님께 귀의할 것이라고 말해주길 바란다."

싯다르타는 고빈다의 어깨에 손을 얹고 말했다.

"너는 내 축복을 흘려들었구나, 고빈다. 내가 다시 말하겠다. 그 길을 끝까지 가라! 구원을 찾기를 바란다!"

그 순간, 고빈다는 친구가 자신을 떠나려 한다는 것을 깨달았고, 눈물을 흘리기 시작했다.

"싯다르타!" 그가 슬프게 외쳤다.

"고빈다여, 잊지 마라. 이제 너는 부처님의 사마나가 되었다. 너는 고향과 부모를 버렸고, 출신과 재산을 버렸으며, 자신의 의지와 우정을 버렸다. 그것이 바로 가르침이 원하는 것이며, 존귀한 분이 원하는 것이다. 그리고 너 자신도 그것을 원했다. 고빈다여, 내일 나는 너를 떠날 것이다."

두 친구는 오랜 시간 숲속을 함께 거닐었고, 잠들지 못하고 누워 있었다. 고빈다는 계속해서 싯다르타에게 왜 고타마의 가르침에 귀의하지 않는지, 그 가르침에서 어떤 결함을 발견했는지 말해달라고 재촉했다. 그러나 싯다르타는 매번 그를 부드럽게 물리치며 말했다.

"고빈다여, 만족하거라! 존귀한 분의 가르침은 매우 훌륭하다. 내가 그 가르침에서 어떻게 결함을 찾을 수 있겠는가?"

이른 아침, 부처님의 제자 중 가장 오래된 승려 중 한 명이 정원을 지나며, 새로 가르침에 귀의한 이들을 불러 노란 가사를 입히고, 그들에게 승려로서의 첫 가르침과 의무를 전수했다. 그때 고빈다는 친구와 다시 한번 작별 인사를 나누고, 이제는 신입 승려의 대열에 합류했다.

싯다르타는 생각에 잠긴 채 숲을 거닐었다. 그러다 존귀한 고타마와 마주쳤고, 경외의 마음으로 그에게 인사했다. 부처님의 눈빛은 자애롭고 고요했다. 싯다르타는 용기를 내어 존

귀한 분에게 말을 걸어도 될지 청했다. 부처님은 조용히 고개를 끄덕이며 허락의 표시를 보였다.

"존귀하신 분이여, 어제 저는 당신의 놀라운 가르침을 들을 수 있는 축복을 받았습니다. 친구와 함께 먼 길을 걸어와 당신의 가르침을 들었고, 제 친구는 당신의 제자로 남아 귀의했습니다. 그러나 저는 다시 순례의 길을 떠나려 합니다."

"네가 원하는 대로 하거라."

"제 말이 지나칠지 모르겠습니다만, 존귀한 분을 떠나기 전에 제 생각을 솔직히 말씀드리고자 합니다. 부디 잠시 더 제게 말씀드릴 기회를 허락해 주십시오."

부처님은 조용히 고개를 끄덕였다.

"존경하는 분이여, 저는 당신의 가르침에서 무엇보다도 한 가지를 깊이 존경했습니다. 당신의 가르침은 모든 것이 완벽하게 명확하고, 세상이 원인과 결과로 이루어진 영원한 사슬이라는 점을 보여줍니다. 그 사슬은 결코 끊어지지 않으며, 반박할 수 없을 만큼 완벽하게 설명되어 있습니다. 정말로, 모든 브라만의 가슴을 뛰게 할 만큼 놀랍습니다. 당신의 가르침을 통해, 저는 세상을 완벽한 연관 속에서, 마치 수정처럼 투명하고, 우연이나 신들에게 의존하지 않는 모습으로 보게 되었습니다. 세상이 선하거나 악하거나, 삶이 고통이거나 기쁨이거나, 그런 것은 어쩌면 중요하지 않을지 모릅니다. 하지만 세상의 통일성과 모든 사건의 연관성, 그리고 큰 것과 작은 모든 것이 같은 법칙과 원인 속에 있다는 사실은, 존경하는 분의 고귀한 가르침 속에서 찬란하게 빛나고 있습니다.

그러나, 당신의 가르침에 따르면 이 모든 일관성과 연속성에도 불구하고, 한 지점에서 그 사슬이 끊기고 있습니다. 작은 틈을 통해, 이 일관된 세계에 이질적인 어떤 새로운 것이 들어옵니다. 그것은 이전에 없었던 것이며, 증명되거나 논증될 수 없는 것입니다. 그것이 바로 '세상의 초월'과 '구원의 가르침'입니다. 이 작은 틈, 이 단절로 인해, 영원하고 통일된 세상의 법칙이 다시 흔들리게 됩니다. 이 점에 대해 이의를 제기하는 것을 용서해 주시기 바랍니다."

고타마는 조용하고 흔들림 없이 그의 말을 들었다. 그리고 그 완전한 자는 자애롭고 정중하며 맑은 목소리로 대답했다.

"오 브라만의 아들이여, 그대는 가르침을 들었고, 그대가 그 가르침에 대해 깊이 생각했다니 기쁜 일이로다. 그대는 그 가르침에서 틈을 발견했고, 결함을 보았구나. 계속해서 그것에 대해 깊이 생각하기를 바라노라. 호기심 많은 자여, 그러나 너무 많은 의견의 숲과 논쟁에 빠지지 않도록 주의하라. 의견은 그 자체로는 중요하지 않다. 그것이 아름답든 추하든, 현명하든 어리석든, 누구나 그것을 따르거나 버릴 수 있는 것이다. 하지만 그대가 내게서 들은 가르침은 단순한 의견이 아니며, 호기심 많은 이들을 위해 세상을 설명하려는 것이 아니다. 이 가르침의 목적은 다르다. 그 목적은 고통으로부터의 해탈이다. 이것이 내가 가르치는 전부이며, 그 외에는 아무것도 가르치지 않노라."

"존귀하신이여, 저를 꾸짖지 마십시오," 젊은이가 말했다.

"저는 당신과 논쟁하려는 것이 아닙니다. 당신 말씀이 맞습니다. 의견이란 별로 중요하지 않습니다. 그러나 이 한 가지는 말하게 해주십시오. 저는 단 한 순간도 당신에 대해 의심한 적이 없습니다. 저는 당신이 부처님이라는 것, 수많은 브라만들과 브라만의 아들들이 찾아 나선 그 최고 목표에 도달했다는 것을 의심한 적이 없습니다. 당신은 죽음에서의 해탈을 찾으셨습니다. 그리고 그것은 당신의 탐구와 당신의 길, 당신의 사유와 명상과 깨달음 속에서 얻으신 것입니다. 그것은 가르침에서 나온 것이 아닙니다! 이것이 제 생각입니다, 존귀하신 분여, 그리고 아무도 가르침을 통해 해탈을 얻을 수 없을 것입니다! 존귀하신 분이여, 당신은 말과 가르침을 통해 당신이 깨달음을 얻은 그 순간의 경험을 다른 이에게 전해 줄 수는 없을 것입니다! 부처님의 가르침은 많은 것을 담고 있으며, 많은 이들에게 올바르게 사는 법과 악을 피하는 법을 가르칩니다. 그러나 이 명확하고 존귀한 가르침에도 없는 것이 하나 있습니다. 그것은 존귀한 분 자신이 경험한 그 비밀

67

입니다. 그 비밀은 오직 당신 혼자만이, 수십만 명 가운데 유일하게 경험한 것입니다. 이것이 제가 가르침을 들으면서 깨달은 것이며, 제가 순례의 길을 계속하려는 이유입니다. 더 나은 가르침을 찾기 위해서가 아닙니다, 왜냐하면 그런 가르침은 없다는 것을 알기 때문입니다. 모든 가르침과 모든 스승을 떠나 홀로 제 목표를 이루거나, 아니면 죽음을 맞이하려는 것입니다. 그러나, 존귀하신 분, 오늘 이 순간을 자주 떠올리게 될 것입니다. 제가 한 성인을 뵈었던 그 순간을 말입니다."

부처님의 눈은 조용히 아래로 향했고, 그의 불가사의한 얼굴은 평온함 속에서 빛났다.

"네 생각이 틀리지 않기를 바란다." 고타마가 말했다.

"네가 목표에 도달하기를 바란다. 하지만 내게 말해다오. 네가 본 나의 수많은 사마나들, 내 형제들을 보았는가? 그들은 가르침에 귀의한 이들이다. 외부의 사마나여, 너는 그들이 가르침을 버리고 세속의 삶과 쾌락으로 돌아가는 것이 더 나을 것이라 생각하는가?"

"저는 그런 생각을 한 적이 없습니다." 싯다르타가 외쳤다.

"모든 이들이 가르침을 따르길 바라며, 그들이 목표에 도달하기를 바랍니다. 저는 다른 이들의 삶을 판단할 자격이 없습니다. 오직 저 자신만을 위해, 저 자신을 위해서만 판단하고, 선택하고, 거부할 수 있습니다. 사마나들은 자기 자신으로부터의 해탈을 추구합니다, 오 존귀하신 분이여, 저는 두려워집니다. 만약 제가 당신의 제자가 된다면, 제 자아는 겉으로는 평온해지고 해탈된 것처럼 보이겠지만, 사실은 계속해서 살아남아 커져갈 것입니다. 왜냐하면 저는 가르침과 제 제자됨을, 당신에 대한 사랑을, 그리고 승려 공동체를 제 자아의 일부로 삼아버릴 것이기 때문입니다!"

고타마는 반쯤 미소를 지으며 흔들림 없이 밝고 친절한 눈빛으로 그 이방인을 바라보았다. 그리고 거의 눈에 보이지 않는 손짓으로 그를 떠나보냈다.

"사마나여, 너는 현명하구나." 존귀하신 분이 말했다.

"네가 지혜롭게 말하는구나, 나의 친구여. 그러나 너무 큰 지혜에 빠지지 않도록 주의하라."

부처님은 떠나셨고, 그 시선과 반쯤 띤 미소는 싯다르타의 기억 속에 영원히 남았다.

'나는 지금껏 이런 시선을 본 적이 없고, 이런 미소를 본 적도 없으며, 이렇게 앉고 걷는 사람을 본 적이 없다.' 싯다르타는 생각했다.

'참으로, 나도 저렇게 시선을 보내고, 미소 짓고, 앉고, 걸을 수 있기를 바란다. 저토록 자유롭고, 저토록 존엄하며, 감추어진 듯하면서도 열려 있고, 아이 같으면서도 신비롭다. 저렇게 시선을 보내고 걸을 수 있는 사람은 오직 자신의 내면 깊

숙이까지 도달한 사람뿐일 것이다. 나 또한 내면 깊숙이 도달하는 것을 추구하리라.'

'단 한 사람, 내가 그의 앞에서 눈을 내려야 했던 사람을 보았다. 이제는 그 누구 앞에서도 눈을 내리지 않을 것이다. 그 누구의 가르침도 더 이상 나를 유혹하지 못할 것이다. 이 사람의 가르침이 나를 유혹하지 못했다면, 다른 어떤 가르침도 나를 유혹하지 못할 것이다.'

'부처님은 나에게서 많은 것을 가져가셨군,' 싯다르타는 생각했다.

'그는 내게서 친구를 가져가셨다. 나를 믿었던 그 친구는 이제 부처님을 믿고, 나의 그림자였던 그는 이제 고타마의 그림자가 되었다. 그러나 부처님은 나에게 더 큰 선물을 주셨다. 부처님은 나에게 '싯다르타', 나 자신을 선물로 주신 것이다.'

4장

깨달음

⋮

'내가 나에 대해 아무것도 모르는 이유,
싯다르타가 내게 이토록 낯설고
미지의 존재로 남아 있었던 이유는 단 하나다.

나는 나 자신을 두려워했고,
나 자신으로부터 도망치고 있었던 것이다!

깨달음

싯다르타가 고빈다를 남겨둔 채 숲을 떠났을 때, 그는 이곳에서 자신의 과거도, 그리고 고빈다와의 인연도 남겨두었다고 느꼈다. 이 감정이 그를 가득 채웠고, 그는 천천히 걸으며 생각에 잠겼다. 그는 마치 깊은 물속으로 내려가 이 감정의 바닥, 그 원인이 있는 곳까지 도달한 듯 깊이 생각했다. 그는 원인을 인식하는 것이 정확한 사고의 시작이며, 이로 인해 감정이 깨달음으로 변하고 본질적인 것이 되어 그 안에 내재한 의미를 발산하기 시작한다고 여겼다.

천천히 걸으며 싯다르타는 자신이 이제 청년이 아니라 어른이 되었음을 깨달았다. 마치 뱀이 낡은 허물을 벗듯, 그는 젊은 시절 내내 자신에게 속해 있던 한 가지, 즉 스승을 만나고 가르침을 얻고자 하는 욕구가 이제는 사라졌다는 것을 알았다. 자신의 길에 나타났던 마지막 스승, 가장 위대하고 지혜로운 부처님조차도 결국 떠나야 했으며, 그의 가르침을 받아들이지 못한 것이다.

그는 걸음을 멈추고 스스로에게 물었다.

'도대체 나는 스승과 가르침을 통해 무엇을 배우고자 했던 것일까? 그들이 나에게 많은 것을 가르쳐 주었음에도 불구하고 그들이 전해줄 수 없었던 것은 무엇이었을까?'

그리고 그는 깨달았다.

'내가 배우고자 했던 것은 바로 '자아'였다. 내가 내려놓고자 했던 것, 내가 극복하려 했던 것도 바로 이 '자아'였다. 나는 단지 자아를 속이거나, 자아로부터 도망치거나, 자아로부터 숨을 수 있었을 뿐이다. 하지만 그것을 극복할 수는 없었다. 이 세상에서 나의 생각을 이토록 사로잡은 것은 나의 자아, 이 신비로움이었다. 내가 존재하고, 다른 모든 이들과 분리되어 있으며, 내가 싯다르타라는 이 수수께끼 말이다! 그러나 세상에서 나는 나 자신, 싯다르타에 대해 가장 모른다.'

천천히 걸으며 생각에 잠긴 싯다르타는 문득 걸음을 멈췄다. 그리고 그리고 한가지 새로운 깨달음이 떠올랐다.

'내가 나에 대해 아무것도 모르는 이유, 싯다르타가 내게 이토록 낯설고 미지의 존재로 남아 있었던 이유는 단 하나다.

나는 나 자신을 두려워했고, 나 자신으로부터 도망치고 있었던 것이다! 나는 아트만을 찾고, 브라흐만을 찾으려 하며, 내 자아를 조각내어 그 속에 감추어진 진정한 본질, 아트만, 생명, 신성한 것, 궁극적인 것을 찾고자 했다. 그러나 그 과정에서 나는 나 자신을 잃어버리고 말았다.'

싯다르타는 눈을 뜨고 주위를 둘러보았다. 그의 얼굴에 미소가 떠올랐고, 오랜 꿈에서 깨어난 듯한 깊은 느낌이 온몸에 전해졌다. 그리고 그는 다시 걸음을 옮겼다. 마치 자신이 무엇을 해야 할지 아는 사람처럼 빠르고 힘차게 걸었다.

그는 깊은 숨을 들이쉬며 생각했다.

'이제 나는 더 이상 싯다르타를 놓치지 않으리라. 이제 더이상 나는 아트만과 세상의 고통으로 내 생각과 삶을 시작하지 않으리라. 나는 더 이상 나 자신을 죽이거나 조각내지 않을 것이다. 폐허 속에서 어떤 비밀을 찾으려 하지 않겠다. 이제 나를 가르치는 것은 요가 베다*도, 아타르바 베다**도, 금욕주의자들도 아닌 오직 나 자신이다. 나는 내 안에서 배우고, 내 스스로의 제자가 되어, 싯다르타라는 비밀을 알아가리라.'

---

* 요가 베다 : 요가 베다라는 표현은 요가의 철학적, 실천적 가르침을 베다의 전통과 연계하여 사용되는 경우일 가능성이 있다. 요가의 기원은 베다 시대로 거슬러 올라가며, 특히 《야주르베다》와 같은 경전에서 요가적 사고가 언급되기도 한다.

** 아타르바 베다 : 힌두교의 네 가지 베다 중 하나로, 주로 주술적이고 의학적인 내용이 담긴 경전이다. 다른 베다들이 찬송가와 제사 의식을 중점적으로 다루는 반면, 아타르바 베다는 질병 치료, 재난 예방, 성공 기원, 악령 퇴치 등 실생활에 밀접한 내용을 포함하고 있다.

그는 마치 세상을 처음 보는 사람처럼 주위를 둘러보았다. 세상은 아름답고 다채로우며, 신비롭고 수수께끼 같았다! 여기에는 푸른색, 저기에는 노란색, 또 다른 곳엔 초록색이 가득했다. 하늘이 흐르고 강과 숲과 산, 모든 아름다운 것과 모든 신비롭고 마법 같은 것들이 그곳에 있었다. 그리고 그 한가운데서 깨어난 싯다르타는 자신을 향해 나아가고 있었다.

이 모든 색채와 자연의 모습, 강과 숲이 처음으로 싯다르타에게 들어온 것은 더 이상 마라의 마법*이 아니었고, 더 이상 마야의 장막**도 아니었다. 이것은 더 이상 다양성을 부정하고 통일을 추구하는 브라만의 시선으로 본 무의미한 외적 세계가 아니었다. 푸른색은 푸른색 그대로, 강은 강 그대로 존재했고, 설령 유일신 또는 신들이 푸른색과 강 속에 숨어 있다 해도, 신의 방식과 목적은 바로 그 안에 깃들어 있는 것이었다. 의미와 본질은 사물의 뒤가 아닌 모든 것 안에 있었다.

"내가 얼마나 둔하고 무지했던가!" 빠르게 걸으며 싯다르타는 생각했다.

'누군가 글을 읽으면서 그 의미를 찾고자 한다면, 글자의 기

---

* 마라의 마법 : 불교에서 마라는 깨달음을 방해하는 유혹과 장애의 상징적 존재로, 특히 석가모니 부처가 깨달음을 얻기 직전 그를 방해하려 한 마왕으로 묘사된다. 마라의 마법은 인간의 마음 속 번뇌와 집착, 두려움, 쾌락과 같은 유혹을 일으켜 수행자가 깨달음에 이르지 못하도록 방해하는 힘을 의미한다.

** 마야의 장막 : 산스크리트어 '환영'을 뜻하는 마야는 현실의 본질을 가리는 환상으로, 참된 자아와 우주의 실체를 보지 못하게 한다. 이를 벗어나는 것이 깨달음과 해탈의 핵심이다.

호와 문자를 경멸하지 않는다. 그것을 기만이나 우연, 무가치한 껍질이라 부르지 않는다. 오히려 그는 그것을 읽고, 연구하며, 한 글자 한 글자를 사랑하고 받아들인다. 그러나 나는 세상의 책과 내 존재의 책을 읽고자 하면서도, 미리 정해진 의미를 위해 그 기호와 문자를 경멸했다. 나는 현상계를 기만이라 부르고, 내 눈과 혀를 단지 우연적이고 무가치한 현상으로 여겼다. 이제 이 모든 것은 끝났다. 나는 깨어났고, 진정으로 깨어났으며 오늘에서야 비로소 태어난 것이다.'

이 생각을 하며 싯다르타는 또다시 갑자기 멈춰 섰다. 마치 길 위에 뱀이 있는 것처럼 멈춰 선 것이다. 왜냐하면 갑자기 그에게 또 하나의 깨달음이 찾아왔기 때문이다. 그는 진정으로 깨어나고 새롭게 태어난 사람처럼, 자신의 삶을 새롭게 시작해야만 한다는 사실이었다.

이날 아침, 존귀한 자가 머무는 제타바나 숲을 떠났을 때부터 그는 이미 깨어나기 시작했고 자신을 향한 여정을 걸어가기 시작했다. 당시 그의 생각에는 금욕적인 생활을 마친 후 고향으로 돌아가 아버지에게로 돌아가는 것이 자연스럽고 당연하게 느껴졌다. 그러나 지금, 이 순간 길 위에 멈춰 선 그는 또 하나의 진실을 깨달았다.

'나는 더 이상 예전의 내가 아니다. 나는 금욕자도, 성직자도, 브라만도 아니다. 그렇다면 내가 고향으로 돌아가 아버지와 함께 무엇을 할 수 있겠는가? 공부를 할 것인가? 제사를 지낼 것인가? 명상을 할 것인가? 이 모든 것은 이미 지나간 일이다. 이제 이 모든 것은 내 길이 아니다.'

싯다르타는 움직이지 않고 서 있었고, 그의 가슴 속에 마치 심장이 얼어붙는 듯한 차가운 느낌이 스며들었다. 그 추위는 마치 작은 동물, 새나 토끼가 얼어붙는 것처럼 가슴을 조여왔다. 그는 자신의 깊은 고독을 깨달았다. 오랜 세월 동안 고향을 떠나 있었지만, 고독을 느끼지 못했는데 이제야 그 고독이 그를 찾아왔다. 가장 깊은 명상 속에서도 그는 아버지의 아들이었고, 브라만이었으며, 사회적으로 높은 지위에 속해 있었다. 그러나 이제 그는 그저 '싯다르타', 깨어난 자일뿐이었다.

싯다르타는 깊이 숨을 들이마시며 잠시 얼어붙은 듯 몸을 떨었다. 그토록 고독한 이는 없었다. 모든 귀족은 귀족의 무리에 속했고, 모든 장인은 장인들 사이에 속해 있었으며, 그들은 서로의 삶을 나누며 같은 언어를 사용했다. 브라만역시 서로 삶을 나누고 같은 언어로 소통하며, 금욕자 또한 사마나 집단에 속해 있었다. 숲속에서 가장 고독한 은둔자조차 하나의 집단에 속했다. 고빈다는 승려가 되었고, 천 명의 승려들이 그의 형제가 되었다. 그들은 고빈다의 옷을 입었고, 그의 신념을 따르며, 그의 말을 사용했다. 하지만 싯다르타는 어디에 속해 있었는가? 누구의 삶을 나눌 수 있으며, 누구의 언어를 사용할 것인가?

이 순간, 세상이 그의 곁에서 사라져버린 것처럼 그는 마치 하늘에 홀로 떠 있는 별처럼 느껴졌다. 이 차가운 절망의 순간에서 싯다르타는 이전보다 더 단단한 자아로 다시 일어섰다. 그는 이것이 깨어남의 마지막 떨림이자, 탄생의 마지막 경련임을 느꼈다. 그리고 그는 다시 걸음을 옮겼다. 이번에는 빠르고 초조한 걸음이었다. 이제 그는 고향으로 돌아가지 않을 것이다. 아버지에게도, 과거로도 돌아가지 않을 것이다.

제 2 부

빌헬름 군데르트에게.
내 일본에 있는 사촌에게 헌정함

5장

카말라

⋮

막 터진 무화과처럼 붉은 입술,

높은 아치로 단정하게 칠한 눈썹,

총명하고 예리한 검은 눈동자,

푸르고 금빛으로 장식된 옷 위로

길게 뻗은 밝고 우아한 목을 보았다.

카말라

싯다르타는 길을 걸으며 매 순간 새로운 것을 배웠다. 세상이 변한 듯했고, 그의 마음은 마법에 걸린 것처럼 매혹되었다. 그는 숲속 산 너머에서 해가 떠오르고 먼 야자수 해변 너머로 지는 것을 보았다. 밤하늘의 별들이 정렬된 모습과 초승달이 푸른 바다에 배처럼 떠 있는 모습도 보았다. 그는 나무, 별, 동물, 구름, 무지개, 바위, 풀, 꽃, 시냇물과 강물, 이른 아침 이슬에 반짝이는 덤불, 멀리 푸르고 창백한 높은 산들을 보았다. 새들이 노래하고 벌들이 윙윙거리는 소리도 들었다. 바람은 논과 밭 위로 은빛 물결을 일으키며 불어왔다.

이 모든 것들은 언제나 그 자리에 있었고, 태양과 달은 여전히 빛나며, 강물은 흐르고 벌들이 윙윙거렸지만, 이전에는 이 모든 것이 싯다르타에게 그저 덧없고 기만적인 장막에 불과했다. 그는 그것들을 의심스럽게 바라보았고, 가시적인 것 너머에 진리가 있다고 믿었기에, 이 모든 것이 본질이 아니라고 여겼다. 그러나 이제 해방된 그의 시선은 이 세상 안에 머물렀고, 가시적인 것들 속에서 안식을 찾으려 했으며, 더 이상 저편의 본질을 찾지 않았다. 세상은 단순히 바라보는 것만으로도 아름다웠다. 탐구하지 않고, 어린아이처럼 순수하게 바라볼 때, 달과 별, 시냇물과 숲, 바위와 나비, 염소와 금빛 풍뎅이들 모든 것이 아름다웠다. 세상을 이렇게 바라보며 걷는 것은 참으로 사랑스럽고 아름다웠다. 아이처럼, 깨어난 사람처럼, 열린 마음으로 다가가며 의심 없이 받아들였다. 태양은 머리 위로 따뜻하게 내리쬐었고, 숲의 그늘은 시원하게 느껴졌으며, 시냇물과 우물의 물은 더 맛있었고, 호박과 바나나는 더욱 싱그럽게 느껴졌다. 낮은 짧았고, 밤도 짧았으며, 시간은 마치 바다 위의 돛단배처럼 빠르게 지나갔다. 그 배 아래에는 온갖 보물과 기쁨이 가득했다.

싯다르타는 높은 나무들 사이에서 원숭이 무리가 야생적이고 탐욕스러운 소리로 노래하는 모습을 보았다. 그는 수컷 양이 암컷 양을 뒤쫓아 교미하는 장면도 보았고, 갈대가 무성한 호수에서 커다란 물고기가 저녁 사냥을 하자 어린 물고기들이 놀라서 물 밖으로 뛰어오르는 모습도 보았다. 물고기의 사냥이 일으킨 힘찬 물결이 물 속에서 퍼져나갔다.

이 모든 것은 언제나 그 자리에 있었지만, 그는 그것을 보지 못했다. 그는 그 순간에 존재하지 않았던 것이다. 그러나 이제 그는 그곳에 있었고, 그 일부가 되었다. 그의 눈에는 빛과 그림자가 비쳤고, 그의 마음에는 별과 달이 빛났다.

싯다르타는 길을 걸으며 제타바나 숲에서의 경험을 떠올렸다. 그곳에서 들은 가르침, 신성한 부처님, 고빈다와의 이별, 그리고 존귀한 자와 나눈 대화가 그의 기억 속에 생생했다. 존귀한 자에게 자신이 했던 말들, 부처님에게 전했던 말들, 그리고 부처님의 보물과 비밀은 단순한 가르침이 아니라, 말로 표현하거나 가르칠 수 없는 것임을 떠올렸다. 그것은 부처님이 깨달음의 순간에 경험했던 것으로, 지금 싯다르타가 경험하려고 나아가고 있는 것이며, 이제 막 그 여정을 시작한 것이었다.

이제 그는 자신을 경험해야 했다. 그는 오래전부터 자신의 자아가 아트만과 같고, 브라흐만과 같은 영원한 본질을 공유하고 있다는 것을 알았지만, 진정으로 이 자아를 찾지 못했다. 그 이유는 그것을 사고의 그물로 잡으려 했기 때문이다. 육체는 자아가 아니었으며, 감각의 유희도 자아가 아니라는 것은 분명했고, 사고와 지성 역시 자아가 아니었다. 배운 지혜나 논리를 통해 얻는 지식 또한 자아가 아니었다. 이 사고의 세계 또한 이쪽 세계에 속한 것이었으며, 감각적인 자아를 버리고 사고의 자아를 키우는 것 또한 목표로 이끌지는 못했다.

생각도 감각도 모두 아름다운 것들이었고, 그 뒤에는 최종적인 의미가 숨겨져 있었다. 둘 모두를 받아들이며, 경멸하지도 과대평가하지도 않고, 그 안에서 내면의 가장 깊은 목소리를 듣는 것이 중요했다. 이제 아무것도 추구하지 않기로 했고, 그 목소리가 그에게 추구하라고 하는 것만을 따르기로 했다. 그 목소리가 머물라고 하는 곳에서만 머물기로 했다.

왜 부처님은 보리수 아래에서 깨달음을 얻었을까? 그가 마음속 깊은 목소리를 들었기 때문이었다. 그 목소리가 그에게 그 나무 아래에서 쉬라고 명령했고, 그는 금욕도, 제사도, 목욕도, 기도도, 음식도, 음료도, 잠도, 꿈도 선택하지 않고 그 목소리에 따랐다. 그렇게 내면의 목소리에 따라 준비된 상태가 되는 것이 중요하고 필요했으며, 그 외에는 아무것도 필요하지 않았다.

그날 밤, 싯다르타는 강가에 있는 짚으로 만든 한 사공의 오두막에서 잠을 자며 꿈을 꾸었다. 꿈속에서 고빈다가 그의 앞에 서 있었는데, 노란 승려 옷을 입고 있었다. 고빈다는 슬퍼 보였고, 슬프게 물었다.

"왜 나를 떠났느냐?"

그러자 싯다르타는 고빈다를 껴안고 팔을 그의 주위에 두르며 그를 가슴에 끌어당겼다. 입맞춤을 했을 때, 고빈다는 더 이상 고빈다가 아니었다. 대신에 한 여인이었고, 그 여인의 옷 사이로 가득한 젖가슴이 드러났다. 싯다르타는 그 가슴에 입을 대고 젖을 마셨다. 그 젖은 달콤하고 강렬했으며, 남성과 여인의 맛이었고, 태양과 숲, 동물과 꽃, 모든 열매와 쾌락의 맛이 났다. 그것은 그를 취하게 하고 의식을 잃게 했다.

싯다르타가 깨어났을 때, 창문 너머로 강물이 희미하게 반짝였고, 숲에서 부엉이의 깊고 고요한 울음소리가 들려왔다.

날이 밝아오자 싯다르타는 자신을 재워준 사공에게 강을 건너게 해달라고 부탁했다. 사공은 아침 햇살에 붉게 반짝이는 넓은 강물을 대나무 뗏목에 태워 강을 건너게 해주었다.

"참 아름다운 강이군요." 싯다르타가 사공에게 말했다.

"그렇습니다," 사공이 말했다.

"참으로 아름다운 강이지요. 저는 무엇보다도 이 강을 사랑합니다. 자주 강의 소리를 듣고, 그 물을 바라보며 많은 것을 배웠습니다. 강으로부터 배울 수 있는 것이 많습니다."

"고맙습니다. 은인이시여," 싯다르타는 강 건너편에 도착한 뒤 정중하게 말했다.

"당신께 드릴 선물이 없습니다. 친구여, 그리고 드릴 보수도 없습니다. 저는 집 없는 자이며, 브라만의 아들이자 사마

나입니다."

"잘 알고 있습니다," 사공이 말했다.

"저는 보수를 기대하지 않았고, 선물도 바라지 않았습니다. 언젠가 당신이 내게 선물을 줄 날이 올 것입니다."

"그렇게 생각하십니까?" 싯다르타가 웃으며 말했다.

"물론이지요. 그것도 강으로부터 배운 것입니다. 모든 것은 다시 돌아옵니다! 당신도요. 사마나여, 다시 돌아올 것입니다. 이제 안녕히 가십시오! 당신의 우정이 제게 보상이 되고, 신들에게 제사를 드릴 때, 저를 기억해 주십시오."

그들은 미소를 지으며 서로 작별했다. 싯다르타는 사공의 우정과 친절함에 기뻐하며 미소를 지었다.

"고빈다와 닮았군," 그는 미소 지으며 생각했다.

'내가 길에서 만나는 모든 이들은 고빈다와 비슷해, 그들 모두는 감사하는 마음을 지녔지만, 사실 감사받을 자격이 있는 사람들은 바로 그들이지. 그들은 순수하고, 모두 친구가 되길 원하며, 기꺼이 복종하고, 깊이 생각하지 않아, 사람들은 모두 아이들 같군.'

정오 무렵 싯다르타는 한 마을을 지나게 되었다. 진흙집 앞 골목에서는 아이들이 누워 호박씨와 조개껍데기를 가지고 놀고 있었고, 소리를 지르며 싸우기도 했다. 그러나 낯선 사마나를 보고 모두 겁에 질려 도망쳤다.

마을 끝에서 길은 시냇가를 따라 이어졌고, 시냇가에서는 젊은 여인이 무릎을 꿇고 옷을 세탁하고 있었다. 싯다르타가 인사를 건네자 여인은 고개를 들어 그를 보며 미소를 지었다. 싯다르타는 그녀의 반짝이는 눈동자를 보았다. 그는 지나가는 이들이 흔히 하는 축복의 말을 건네며, 큰 도시까지의 거리가 얼마나 되는지 물었다.

그러자 여인은 일어나 그에게 다가왔고, 젊고 아름다운 얼굴에 촉촉한 입술이 반짝였다. 그녀는 싯다르타와 농담을 주고받으며, 그가 식사를 했는지 물었고, 사마나들이 정말 밤에 홀로 숲에서 자며 여인을 가까이 두지 않는지 물었다. 그러면서 그녀는 왼발을 그의 오른발 위에 올리며, 마치 여인이 남성에게 관능적인 즐거움을 권할 때 취하는 동작을 했다. 그 동작은 '나무 타기'라고 불린다.

싯다르타는 자신의 피가 뜨거워지는 것을 느꼈고, 그 순간 꿈이 떠올라 그녀의 갈색 젖꼭지에 입을 맞췄다. 고개를 들었을 때, 그는 그녀가 갈망 어린 미소를 지으며 반쯤 감긴 눈으로 그를 바라보고 있는 것을 보았다. 그녀의 눈에는 욕망이 가득 차 있었다.

싯다르타도 갈망과 성욕이 꿈틀거리는 것을 느꼈으나, 여자를 만져본 적이 없었기에 잠시 머뭇거렸다. 그의 손은 이미 그녀에게 닿을 준비가 되어 있었다. 바로 그 순간, 그의 내면에서 한 목소리가 들려왔다. 그 목소리는 '아니'라고 말했다. 그러자 그녀의 미소 짓는 얼굴에서 모든 매력이 사라졌고, 싯다르타는 그녀의 눈 속에서 아무런 매력을 느끼지 못했다. 이제 그것은 그저 교미하려는 짐승의 축축한 눈빛일 뿐이었다.

싯다르타는 부드럽게 그녀의 뺨을 쓰다듬고, 실망한 그녀를 뒤로한 채 가벼운 발걸음으로 대나무 숲 속으로 사라졌다.

그날 저녁 전, 그는 큰 도시에 도착했다. 사람들을 만나게 되어 기뻤다. 그는 오랫동안 숲속에서 생활해왔고, 지난 밤 머물렀던 사공의 초가집은 오랜만에 그가 머리 위에 지붕을 두고 잠을 잔 첫 번째 장소였다.

도시 외곽, 아름답게 둘러싸인 한 정원의 입구에서 싯다르타는 바구니를 든 하인들과 시녀들이 모여 있는 작은 무리를 마주쳤다. 그들 가운데, 네 명이 들고 있는 장식된 가마 속에는 화려한 양산 아래 붉은 쿠션 위에 앉아 있는 한 여인이 있었다. 싯다르타는 쾌락의 정원 입구에서 발길을 멈추고 그 행렬을 지켜보았다. 하인들과 시녀들, 바구니, 그리고 가마 안에 있는 그 여인을 보았다.

그는 높이 올린 검은 머리 아래로 매우 희고 섬세하며 지혜로운 얼굴을 보았고, 막 터진 무화과처럼 붉은 입술, 높은 아치로 단정하게 칠한 눈썹, 총명하고 예리한 검은 눈동자, 푸르고 금빛으로 장식된 옷 위로 길게 뻗은 밝고 우아한 목을

보았다. 길고 가느다란 손목에 넓은 금팔찌를 낀 우아한 손도 눈에 들어왔다.

싯다르타는 그녀가 얼마나 아름다운지 보고, 마음에 미소가 번졌다. 가마가 가까이 다가오자 그는 깊이 고개를 숙였고, 다시 고개를 들었을 때 그녀의 밝고 사랑스러운 얼굴을 바라보았다. 순간, 그녀의 지적이고 열려 있는 눈 속을 읽을 수 있었다. 그가 알지 못하던 향기가 잠시 스쳐 지나갔다. 그 아름다운 여인은 미소를 지으며 살짝 고개를 끄덕였고, 정원 속으로 사라졌다. 하인들이 뒤따라 갔다.

'이 도시는 왠지 모르게 좋은 느낌을 주는군.'

싯다르타는 잠시 멈춰 생각했다. 즉시 그 정원으로 들어가고 싶었지만, 곧 하인들과 시녀들이 입구에서 자신을 어떻게 쳐다보았는지 깨달았다. 그들의 시선은 경멸과 의심, 냉대로 가득 차 있었다.

'나는 아직도 사마나로구나, 아직도 고행자이자 거지다. 이 모습으로는 그 정원에 들어갈 수 없다.' 생각하며 그는 살짝 웃음을 지었다.

그는 지나가는 사람에게 정원과 그 여인의 이름을 물었고, 곧 그 정원이 유명한 창녀 카말라의 정원이며, 그녀가 도심에 별채를 가지고 있다는 것을 알게 되었다.

이제 싯다르타는 목표가 생겨 도시로 들어섰다. 그는 골목

길을 따라 거닐고, 광장에 서 있기도 하며, 강가의 돌계단에 앉아 쉬기도 했다. 저녁이 되자 그는 이발사의 조수와 친해졌고, 그가 빗장 밑 그늘에서 일하는 모습을 보았다. 싯다르타는 그가 기도하러 비슈누* 신전에 가는 길에 함께 가며 비슈누와 락슈미**의 이야기를 나누었다.

그날 밤 그는 강가의 배들 근처에서 잠을 잤고, 아침 일찍 첫 손님들이 오기 전에 이발사 조수에게서 수염을 깎고, 머리를 정돈받았다. 그는 고운 기름으로 머리를 윤기 있게 하고, 강에서 목욕을 했다.

늦은 오후, 아름다운 카말라가 가마를 타고 그녀의 정원에 가까워졌을 때, 싯다르타는 입구에 서서 고개를 숙여 인사를 건넸고, 그녀도 그에게 미소를 보내며 인사했다. 그는 마지막에 있는 하인에게 손짓하며, 젊은 브라만이 그녀와 대화를 나누고 싶다고 전해달라고 부탁했다. 잠시 후 하인이 돌아와 그를 데리고 갔고, 말없이 한 정자 안으로 안내했다. 그곳에서 카말라는 침상에 누워 그를 혼자 두었다.

"어제 정원 밖에서 나를 보고 인사하지 않았나요?" 카말라

---

* 비슈누 : 힌두교 삼주신 중 하나로, 우주를 유지하고 보호하는 역할을 맡은 신이다. 비슈누는 라마와 크리슈나 같은 화신으로 현현하며, 악을 물리치고 우주의 질서를 수호한다. 자비롭고 보호적인 성격으로 숭배되며, 사랑과 헌신의 대상으로 힌두교 신화에서 중요한 위치를 차지한다.

** 락슈미 : 힌두교의 풍요, 번영, 행운을 상징하는 여신으로 비슈누의 배우자다. 물질적, 정신적 번창을 관장하며, 가정과 사회의 안녕을 수호한다. 연꽃 위에 앉아 금화를 흘리는 모습으로 묘사되며, 축제 디왈리에서 행운과 성공을 기원하는 여신으로 숭배된다.

가 물었다.

"네, 어제 당신을 보고 인사드렸습니다."

"하지만 어제는 수염도 기르고 머리도 길었고, 먼지투성이였죠?"

"맞습니다. 모든 것을 정확히 보셨군요. 당신은 브라만의 아들, 싯다르타를 보셨습니다. 저는 고향을 떠나 사마나가 되기 위해 숲에서 3년간 수행을 했습니다. 그러나 이제 그 길을 떠나 이 도시에 왔습니다. 그리고 도시로 들어서기 전 처음으로 마주친 사람이 바로 당신이었죠. 이 말을 전하고 싶어서 당신을 찾아왔습니다, 카말라! 당신은 싯다르타가 눈을 피하지 않고 말을 건네는 첫 번째 여인입니다. 이제 더는 아름다운 여인을 만나도 눈을 피하지 않을 겁니다."

카말라는 미소를 지으며 공작 깃털로 만든 부채를 흔들며 물었다.

"싯다르타는 그 말을 하기 위해 저를 찾아온 건가요?"

"그래요. 이 말을 전하고, 당신의 아름다움에 감사드리기 위해 왔습니다. 그리고 카말라, 가능하다면 부탁드리고 싶습니다. 제 친구이자 스승이 되어 주세요. 저는 아직 당신이 마스터이신 예술에 대해 아무것도 모르니까요."

카말라는 크게 웃었다.

"이런 일은 처음이에요, 친구. 숲에서 사마나가 와서 저에게 배우겠다고 한 적은 없었어요! 사마나가 길고 헝클어진 머리에 찢어진 옷을 두르고 저를 찾아온 것은 처음입니다. 저를 찾아오는 많은 젊은이들은 멋진 옷을 입고, 고운 신발을 신고, 머리에 향수를 뿌리고, 주머니에 돈을 넣고 오지요. 사마나님, 저를 찾아오는 젊은이들은 다 그런 사람들이랍니다."

싯다르타가 말했다.

"저는 이미 당신에게서 배우기 시작했습니다. 어제도 배웠죠. 벌써 수염을 깎고, 머리를 빗고, 머리에 기름을 발랐습니다. 이제 저에게 부족한 것은 거의 없습니다, 뛰어나신 여인이여. 멋진 옷과 신발, 주머니에 돈만 있으면 되겠네요. 하지만 싯다르타는 그런 작은 것들보다 더 어려운 일들을 해냈습니다. 어제 제가 결심한 것을 어찌 이루지 못하겠습니까? 바로 당신의 친구가 되어 사랑의 기쁨을 배우겠다고요. 당신은 제가 열심히 배우는 모습을 보게 될 거예요, 카말라. 당신이 저에게 가르칠 것보다 더 어려운 것들을 저는 이미 배웠습니다. 지금 싯다르타는 머리에 기름을 바르고 있지만, 옷도 신발도 돈도 없는 지금도 당신에게 충분하지 않나요?"

카말라는 웃으며 외쳤다.

"아니요, 존경할 만한 분이여, 아직 부족해요. 옷도 있어야 하고 신발도 있어야 해요. 멋진 옷과 신발이요. 그리고 주머니에 많은 돈과 저에게 줄 선물도 필요하답니다. 이제 아시겠어요? 숲에서 온 사마나님? 기억하셨나요?"

"기억했어요," 싯다르타가 외쳤다.

"어찌 그런 입에서 나온 말을 잊을 수 있겠어요? 당신의 입
은 마치 갓 터진 무화과 같아요, 카말라. 제 입도 빨갛고 신선
해요. 당신의 입과 잘 어울릴 거예요. 당신도 보게 될 겁니다.
하지만 말해 주세요, 아름다운 카말라, 숲에서 온 이 사마나
가 사랑을 배우러 왔는데 두렵지 않으신가요?"

"왜 제가 사마나를 두려워해야 하죠? 숲에서 온 어리석은
사마나, 여자가 뭔지도 모르는 이를?"

"오, 사마나는 강합니다. 두려움이 없지요. 그는 당신을 억
지로 가질 수도 있어요. 아름다운 이여, 그는 당신을 훔쳐갈
수도 있고, 당신에게 상처를 줄 수도 있답니다."

"아니요, 사마나님. 저는 그것을 두려워하지 않아요. 사마
나 브라만또는 누군가가 와서 그들의 학식과 경건함, 깊은
지혜를 빼앗아 갈까 봐 두려워한 적이 있나요? 아니요, 왜냐
하면 그것들은 그들 자신의 것이고, 그들이 원하는 사람에게
만 주기 때문이에요. 마찬가지로, 카말라의 사랑과 기쁨도 그
래요. 카말라의 입술은 아름답고 붉지만, 당신이 제 뜻에 반
해 입을 맞추려 한다면, 달콤함 한 방울도 얻지 못할 거예요.
당신은 가르침을 잘 배웠으니 알게 될 거예요, 싯다르타. 사
랑은 구걸할 수도, 살 수도, 선물로 받을 수도, 길에서 찾을 수

도 있지만, 강제로 얻을 수는 없답니다. 멋진 젊은이가 그런 실수를 저지른다면 정말 아깝겠지요."

싯다르타는 미소 지으며 몸을 굽혔다.

"정말 아깝겠군요, 카말라. 당신 말이 맞아요. 정말 아깝겠어요. 아니, 당신의 입에서 한 방울의 달콤함도 잃지 않도록 할 거예요, 제 입에서도 잃지 않는 것처럼요. 그러니 이렇게 합시다. 싯다르타는 다시 돌아올 겁니다. 그가 아직 부족한 것들을 모두 갖춘 뒤에요. 옷, 신발, 돈을 가지고요. 그런데 말해 주세요, 사랑스러운 카말라, 저에게 조언 하나 더 해 주실 수 있나요?"

"조언이요? 왜 안 되겠어요? 누가 숲에서 온 가엾고 무지한 사마나님에게 조언을 해 주지 않겠어요?"

"사랑하는 카말라, 제게 조언을 해주세요. 어디로 가야 제가 그 세 가지를 가장 빨리 찾을 수 있을까요?"

"친구, 그건 많은 사람들이 알고 싶어하는 것이죠. 당신은 배운 것을 활용해 돈을 벌고, 옷과 신발을 얻어야 해요. 가난한 사람은 그 외에는 돈을 얻을 방법이 없지요. 그런데 당신은 무엇을 할 줄 아나요?"

"저는 생각할 수 있어요. 기다릴 수 있어요. 그리고 저는 단식을 할 수 있어요."

"그게 다예요?"

"그게 다예요. 하지만, 시도 지을 수 있어요. 제가 시를 지어 주면, 그 대가로 저에게 키스를 해 주실 건가요?"

"좋아요. 시가 마음에 들면 그렇게 할게요. 그 시가 뭐죠?"

싯다르타는 잠시 생각한 후 다음과 같은 구절을 읊었다.

그늘진 정원으로 들어가는 아름다운 카말라!
정원의 입구에 서 있는 갈색 피부의 사마나!

고개를 깊이 숙여 연꽃을 바라보는 그는
미소로 답하는 카말라에게 감사의 마음을 전하네.

신에게 드리는 공양보다도 달콤한 것은
아름다운 카말라에게 드리는 공양이네.

카말라는 금빛 팔찌가 울릴 정도로 큰 소리로 손뼉을 쳤다.

"당신의 시는 정말 멋지네요, 갈색 피부의 사마나님. 이 시에 대한 보상으로 키스를 해도 아깝지 않겠어요."

카말라는 그에게 시선을 주며 그를 끌어당겼고, 싯다르타는 얼굴을 숙여 그녀의 입술에 입맞춤을 했다. 그 입술은 갓 터진 무화과처럼 달콤했다. 카말라는 오랫동안 그와 키스하며 그를 가르치는 듯한 느낌을 주었다. 그녀는 지혜롭고 능숙하게 그를 다루며, 밀어내기도 하고 이끌어 당기기도 했다.

그 첫 키스 뒤에는 또 다른 다채로운 키스들이 기다리고 있음을 싯다르타는 느꼈다. 그는 숨을 깊이 들이마시며 마치 어린아이처럼 자신의 앞에 펼쳐진 새로운 배움과 경험의 세계에 놀라움을 느꼈다.

"정말 멋진 시였어요," 카말라가 외쳤다.

"내가 부자라면 그 시에 대해 금화를 드렸을 텐데요. 하지만 당신이 필요로 하는 돈을 시로 얻기엔 어려울 거예요. 왜냐하면 당신이 내 친구가 되려면 많은 돈이 필요하거든요."

"카말라, 당신의 키스는 정말 놀랍네요!" 싯다르타가 감탄하며 말했다.

"네, 저는 키스를 잘해요. 그래서 옷도, 신발도, 팔찌도, 그리고 다른 아름다운 것들도 부족하지 않아요. 하지만 당신은 어떻게 하실 건가요? 당신은 생각하고, 단식하고, 시 짓는 것밖에 할 줄 모르잖아요?"

"저는 제사 노래도 부를 수 있어요," 싯다르타가 말했다.

"하지만 더는 부르고 싶지 않아요. 주문도 외울 수 있지만, 더는 외우고 싶지 않아요. 저는 경전을 읽었어요."

"잠깐만요," 카말라가 그를 막았다.

"당신, 글을 읽을 줄 알아요? 그리고 쓸 줄도 아나요?"

"그럼요, 저는 읽고 쓸 수 있어요. 몇몇 사람들은 할 줄 아는 일이죠."

"대부분의 사람들은 그걸 못해요. 저도 못하거든요. 당신이 글을 읽고 쓸 줄 안다니 정말 좋은 일이네요. 그 기술이 나중에 필요할지도 몰라요."

바로 그때, 한 하녀가 달려외 주인의 귀에 속삭였다.

"방문객이 오고 있네요," 카말라가 말했다. "어서 가세요, 싯다르타. 아무도 당신이 여기 있는 걸 보면 안 돼요. 명심하세요! 내일 다시 만나요."

카말라는 하녀에게 명령하여 싯다르타에게 흰 옷을 주도록 했다. 싯다르타는 어리둥절한 채 하녀의 안내를 받으며 정원집으로 갔다. 그곳에서 옷을 받고 나무 덤불 쪽으로 이끌려가면서, 가능한 한 눈에 띄지 않게 빠르게 사라지라는 당부를 받았다.

싯다르타는 만족스러운듯 그녀의 말을 따랐다. 숲에서 생활한 덕에 그는 조용히 울타리를 넘고 정원을 빠져나왔다. 도시에 돌아온 그는 옷을 말아 팔에 끼고, 여행자들이 묵는 여관에 도착해 조용히 음식을 청했다. 조용히 받은 떡 한 조각을 바라보며 그는 생각했다.

'아마 내일쯤에는 더 이상 누구에게도 음식을 구걸하지 않게 될 거야.'

그 순간, 교만함이 그 안에서 불타올랐다.

"나는 더 이상 사마나가 아니다. 구걸할 필요가 없어."

싯다르타는 떡을 길에 있던 개에게 주고, 자신은 아무것도 먹지 않았다.

'세상에서 사는 삶은 참 단순하군,' 싯다르타는 생각했다. '어려울 게 없어. 사마나였을 때는 모든 게 힘들고 끝이 없는 싸움 같았지만, 이제 모든 게 쉬워졌어. 카말라가 가르쳐준 키스처럼 말이지. 이제 내가 필요한 건 옷과 돈, 그뿐이야. 이런 건 작고 가까운 목표들이지. 내 잠을 방해할 만큼 큰 문제가 아니야.'

싯다르타는 이미 카말라의 저택을 찾아내고, 다음 날 그곳을 다시 찾아갔다.

"좋은 소식이에요!" 카말라가 그에게 말했다.

"카마스와미가 당신을 기다리고 있어요. 그는 이 도시에서 가장 부유한 상인이에요. 만약 그가 당신을 마음에 들어 한다면, 당신을 고용할 거예요. 현명하게 행동하세요, 갈색 피부의 사마나님. 저는 당신 이야기를 그에게 전하게 했어요. 그에게 친절하게 대하되, 너무 겸손하게 굴지는 마세요! 저는 당신이 그의 종이 되는 것을 바라지 않아요. 당신은 그와 같은 위치에 올라야 해요, 그렇지 않으면 나는 당신에게 만족하지 않을 거예요. 카마스와미는 이제 늙고 여유롭게 살고 있어요. 그가 당신을 마음에 들어 한다면 많은 것을 맡길 거예요."

싯다르타는 그녀에게 감사하며 미소 지었고, 그가 어제와 오늘 아무것도 먹지 않았다는 것을 알아챈 그녀는 빵과 과일을 가져오게 하여 그를 대접했다.

"정말 운이 좋군요,"

그녀가 작별 인사를 하며 말했다.

"한 문이 열리면 또 다른 문이 열리는 것 같아요. 어떻게 이런 일이 일어나는 거죠? 당신에게 어떤 마법이라도 있나요?"

싯다르타는 말했다.

"어제 내가 당신에게 생각하는 법, 기다리는 법, 그리고 단식하는 법을 안다고 말했을 때, 당신은 그것들이 아무 쓸모가 없다고 생각했죠. 하지만 그것들은 여러모로 유용합니다, 카말라. 곧 알게 될 겁니다. 당신은 숲 속 사마나들이 아주 훌륭한 것을 배우고 익힐 수 있다는 걸 알게 될 거예요. 그들이 할 수 있는 일 중에는 당신들이 할 수 없는 것들도 있죠. 이틀 전만 해도 저는 헝클어지고 구걸하는 사람이었지만, 어제는 이미 카말라와 키스를 했고, 곧 상인이 되어 돈을 벌며 당신이 중요하게 여기는 모든 것들을 얻게 될 거예요."

"그렇군요," 그녀는 인정했다.

"하지만 나 없이 당신은 어땠을까요? 카말라가 도와주지 않았다면, 당신은 무엇이 되었을까요?"

싯다르타가 자세를 곧게 하며 말했다.

"사랑하는 카말라, 제가 당신의 정원에 들어온 순간 이미

첫걸음을 내디뎠어요. 이 가장 아름다운 여인에게 사랑을 배우겠다고 결심한 순간부터, 그 결심을 반드시 이루리라는 걸 확신했죠. 당신이 나를 도와줄 거라는 것도 알았어요. 정원 입구에서 당신과 처음 눈을 마주쳤을 때 이미 알았으니까요."

"그렇다면 제가 원하지 않았다면 어쩔 건가요?"

"당신은 원했어요. 보세요, 카말라, 만약 돌을 물속에 던지면, 그 돌은 물을 가르며 가장 빠른 길로 바닥에 이르게 돼요. 싯다르타가 목표를 가지고 결심할 때도 마찬가지예요. 그는 아무것도 하지 않아요. 기다리고, 생각하고, 단식할 뿐이지만, 그는 세상의 일들을 마치 돌이 물을 통과하듯 지나가죠. 아무것도 하지 않으면서도, 그는 이끌려 가고 있어요. 그의 목표가 그를 끌어당기니까요. 그는 자신의 영혼에 그 목표를 방해할 어떤 것도 들이지 않아요. 이것이 사마나들에게서 배운 것 중 하나입니다. 사람들이 어리석게도 '마법'이라고 부르는 것이 바로 이거예요. 그들은 그것이 악마의 소행이라고 여기지만, 사실 악마 같은 건 없어요. 누구나 마법을 부릴 수 있고, 누구나 자신의 목표를 이룰 수 있어요, 만약 생각할 줄 알고, 기다릴 줄 알고, 단식할 줄 안다면 말이죠."

카말라는 그의 말을 들으며 그의 목소리와 눈빛을 사랑스러워했다.

"아마도 그렇겠죠," 그녀가 조용히 말했다.

"당신 말이 맞을지도 모르겠어요, 친구. 하지만 어쩌면 싯다르타가 잘생겼고, 그 눈빛이 여성들에게 매력적이기 때문에 당신에게 행운이 따라오는 것일지도 모르죠."

싯다르타는 키스로 작별 인사를 하며 말했다.

"그렇게 되길 바랍니다, 나의 스승님. 제 눈빛이 언제나 당신 마음에 들고, 언제나 당신 덕분에 행운이 제게 다가오길 바랍니다!"

6장

어린아이 같은 사람들

⋮

그는 잠시 깨닫곤 했다.
자신이 기묘한 삶을 살고 있으며,
자신이 하고 있는 모든 일이
단지 하나의 놀이에 불과하다는 것을...

어린아이 같은 사람들

싯다르타는 상인 카마스와미를 만나기 위해 그의 호화로운 집을 찾았고, 하인들은 귀한 카펫이 깔린 복도를 지나 그를 주인을 기다리는 방으로 안내했다.

카마스와미는 백발에 날씬한 체격을 지닌 남자로, 매우 날카롭고 신중한 눈빛과 탐욕이 드러나는 입을 가지고 있었다. 두 사람은 친근한 인사를 나누었다.

"듣자하니, 브라만출신의 학자라던데, 어찌하여 상인 밑에서 일자리를 구하고 있는가? 어려움에 처한 것인가?" 상인이 물었다.

"아닙니다," 싯다르타가 말했다.

"저는 어려움에 처한 적이 없습니다. 저는 사마나들 사이에

서 지내다가 이곳에 왔습니다."

"사마나라면 아무것도 소유하지 않는데, 어떻게 어려움에 처하지 않을 수 있지?"

"맞습니다. 사마나들은 아무것도 소유하지 않습니다. 하지만 저는 자발적으로 무소유를 선택한 것이니, 부족함을 느끼진 않습니다."

"그렇다면 무소유로 어떻게 살아가려 하는가?"

"저는 그 질문을 깊이 생각해본 적이 없습니다. 무소유로 사는 것이 저에게는 자연스러웠으니까요. 3년 넘게 그렇게 지내왔습니다."

"그렇다면 남의 도움을 받아 살아온 셈이군."

"그럴지도요. 결국, 상인도 남의 도움으로 생계를 꾸려가잖습니까?"

카마스와미가 흥미롭다는 듯 웃음을 지으며 말했다.

"상인은 받은 만큼 대가를 치르지. 단순히 얻기만 하지 않는다네."

"맞습니다. 세상은 그렇게 흘러가는 듯합니다. 모두가 자신이 받은 만큼 주고, 준 만큼 받습니다."

"그렇다면 자네는 무소유인데, 무엇을 줄 수 있나?"

"모두 자신이 가진 것을 나누지요. 전사는 힘을 나누고, 상인은 물건을, 교사는 지식을, 농부는 쌀을, 어부는 물고기를 나누듯이요."

"좋아. 그렇다면 자네는 무엇을 줄 수 있나? 자네가 배운 것, 할 줄 아는 것은 무엇인가?"

"저는 생각할 수도, 기다릴 수도, 금식할 수도 있습니다."

"그게 전부인가?"

"그게 전부인 듯합니다."

"그런 것들이 무슨 도움이 된단 말인가? 예를 들어 금식은 무슨 소용이지?"

"굉장히 유용합니다. 배고플 때 금식할 줄 아는 것은 최고의 방법이죠. 예를 들어, 제가 금식할 줄 몰랐다면 오늘 이곳에 와서 당신에게 혹은 다른 이에게 일자리를 구걸했겠죠. 배고픔이 저를 절박하게 만들었을 테니까요. 하지만 저는 여유롭게 기다릴 수 있고, 조급함을 모릅니다. 오랫동안 배고픔을 견딜 수 있으며 그 상황에서도 웃을 수 있습니다. 그게 금식의 장점입니다."

"알겠네, 사마나. 잠시 기다려보게."

카마스와미는 방을 나갔다가 두루마리를 들고 돌아와 손님에게 건네며 말했다.

"이것을 읽을 수 있나?"

싯다르타는 두루마리를 살펴보고, 그 안에 적힌 매매 계약서를 차분하게 읽기 시작했다.

"훌륭하군," 카마스와미가 말했다.

"이 종이에 뭔가를 적어볼 수 있겠나?"

그는 싯다르타에게 종이와 펜을 건넸고, 싯다르타는 이를 받아 간단히 글을 적어 돌려주었다. 카마스와미는 글을 읽으며 말했다.

"글을 잘 쓰는 것도 중요하지. 그러나 생각이 더 중요하고, 지혜보다 인내가 더욱 값진 법이지."

"아주 훌륭한 글 솜씨군," 카마스와미가 칭찬하며 말했다.

"당신과 더 많은 이야기를 나누고 싶네. 오늘은 이쯤에서 마무리하고, 내 집에 손님으로 머물러 주게나."

싯다르타는 감사 인사를 하며 초대를 받아들였고, 이제 상인의 집에 머물게 되었다. 그는 새 옷과 신발을 받았으며, 하인이 매일 목욕을 준비해 주었다. 하루 두 번 푸짐한 식사가 준비되었으나, 싯다르타는 여전히 하루에 한 번만 식사하고, 고기와 술은 입에 대지 않았다.

카마스와미는 그에게 무역의 기본을 설명하며, 상품과 창고를 보여주고 계산법을 가르쳤다. 싯다르타는 많은 새로운 지식을 배웠지만, 그 과정에서 주로 듣기만 하고 말을 아꼈다. 그리고 카말라의 조언을 기억하며, 결코 상인에게 굴복하지 않았다. 대신 카마스와미가 그를 동등하거나 더 높은 존재로 대하도록 자연스레 만들었다.

카마스와미는 사업을 신중하면서도 열정적으로 운영했지만, 싯다르타는 이 모든 것을 단지 하나의 놀이처럼 여겼고, 그 규칙을 배우려 노력했으나 그 내용은 그의 마음을 크게 움직이지 않았다.

싯다르타가 카마스와미의 집에 머문 지 얼마되지 않아 그는 이미 상인의 무역에 참여하게 되었다. 하지만 매일 그녀가 알려준 시간이 되면 그는 예쁜 옷과 좋은 구두를 신고 아름다운 카말라를 찾아갔고 시간이 흐르면서 그는 그녀에게 작은 선물들도 가져다주었다. 카말라의 붉고 지혜로운 입술은 그에게 많은 것을 가르쳐주었고, 그녀의 부드럽고 유연한 손길은 그보다 더 많은 것을 일깨워주었다. 사랑에 아직 서툴고, 맹목적으로 쾌락에 빠지기 쉬웠던 싯다르타에게 그녀는 쾌락을 누리기 위해서는 쾌락을 주는 법을 알아야 한다는 것, 모든 몸짓과 손길, 접촉, 시선, 심지어 몸의 작은 부분까지도 저마다의 비밀을 품고 있다는 것을 가르쳐 주었다. 그리고 그 비밀을 깨닫는 일이 지혜로운 자에게는 큰 기쁨이라는 사실을 배우게 했다. 또한 그녀는, 사랑하는 사람들이 사랑을 나눈 후에는 서로를 존중하며 떠나야 하고, 승리하되 마치 패배한 듯 떠나야 한다고 일렀다. 그래야 둘 중 어느 누구도 과도한 만족감이나 피로를 느끼지 않고, 상대방에게 이용당했다는 느낌도, 상대방을 이용했다는 꺼림칙함도 남지 않는다는 것이었다. 싯다르타는 아름답고 지혜로운 예술가인 카말라와 놀라운 시간을 보냈으며, 그녀의 제자이자 연인이자 친구가 되었다. 지금 그의 삶의 의미와 가치는 카마스와미와의 무역이 아니라 바로 이곳, 카말라에게 있었다.

카마스와미는 싯다르타에게 중요한 편지와 계약서를 쓰게 하였고, 모든 중요한 사안을 그와 의논하는 데 익숙해졌다. 곧 그는 싯다르타가 쌀, 양모, 선박, 무역에 대한 깊은 지식은 없지만 그의 손길이 자신에게 행운을 가져다준다는 사실을 깨닫게 되었다. 또한 싯다르타가 상인인 자신보다 차분하고 평정심을 잃지 않으며, 사람들의 마음을 읽고 그들과 소통하는 데 탁월하다는 점도 알게 되었다. 어느 날 카마스와미는 한 친구에게 이렇게 말했다.

"이 브라만은 진정한 상인이 아니야. 그리고 앞으로도 상인이 되지 않을 거야. 그의 마음은 거래에 열정을 쏟지 않거든. 하지만 그는 성공이 저절로 찾아오는 비밀을 알고 있는 것 같아. 그게 그의 천성인지, 마법인지, 사마나들로부터 배운 것인지는 모르겠지만 말이야. 그는 거래를 마치 놀이처럼 다루며 결코 깊이 빠져들지 않아. 실패를 두려워하지 않고, 손실에도 연연하지 않아."

한 친구가 카마스와미에게 조언했다.

"그가 다루는 사업에서 이익이 나면 3분의 1을 그에게 주

고, 손실이 나면 같은 비율로 손실을 부담하게 해. 그러면 좀
더 열정적으로 일할지 누가 알겠나."

카마스와미는 이 조언을 따랐지만, 싯다르타는 크게 신경
쓰지 않았다. 이익이 나면 그저 담담하게 받아들였고, 손실이
나면 웃으며 말했다.

"아, 이번엔 잘못됐군!"

그에게는 사업 자체가 별 의미가 없어 보였다.

어느 날, 그는 쌀을 대량으로 사들이기 위해 한 마을로 향
했다. 하지만 도착했을 때는 이미 다른 상인이 쌀을 사간 뒤
였다. 그럼에도 싯다르타는 며칠을 그 마을에 머물렀다. 그는
농부들을 초대해 대접하고, 그들의 아이들에게 동전을 나눠
주고, 결혼식에도 참석하며 즐겁게 시간을 보냈다. 그리고 매
우 만족스러운 상태로 여행에서 돌아왔다. 이에 카마스와미
가 곧장 돌아오지 않고 시간과 돈을 낭비한 이유를 묻자, 싯
다르타가 대답했다.

"꾸짖지 마세요, 친구! 꾸짖는다고 달라질 건 없습니다. 손
실이 났다면 제가 감수할게요. 오히려 이번 여행은 만족스러
웠어요. 많은 사람을 알게 되었고, 한 브라만과 친구가 되었
으며, 아이들이 제 무릎에서 놀았고, 농부들은 그들의 들판을
보여주었어요. 아무도 저를 상인으로 보지 않았습니다."

"모든 게 아주 좋군," 카마스와미가 화를 내며 소리쳤다.

"하지만 당신은 상인 아닌가? 아니면 그저 즐거움을 위해 다녀온 건가?"

"아마 그럴지도 모르죠," 싯다르타가 웃으며 말했다.

"여행을 통해 즐거움을 찾은 건 분명합니다. 그리고 지역 사람들을 알게 되었고, 친절과 신뢰를 즐기며 우정을 얻었어요. 보세요, 친구. 만약 제가 당신이었다면, 거래가 성사되지 않았다고 느낀 순간 서둘러 돌아왔을 겁니다. 그랬다면 시간과 돈이 진짜 낭비되었겠죠. 하지만 저는 즐거운 시간을 보냈고, 배웠으며, 행복을 누렸습니다. 화를 내거나 서둘러 다른 사람에게 상처를 주지 않았어요. 나중에 다시 그곳에 가게 된다면 사람들은 저를 따뜻하게 맞이할 거고, 저는 그때 제 선택을 칭찬하게 될 겁니다. 그러니 스스로를 꾸짖으며 힘들게 하지 마세요. 만약 언젠가 '싯다르타가 나에게 손해를 끼친다'라고 느끼신다면, 그때 저에게 한 마디 해 주세요. 그러면 떠나겠습니다. 하지만 그때까지는 서로 만족하며 지내기로 하죠."

"당신은 내 빵을 먹고 있잖아." 설득하려던 카마스와미의 노력은 허사였다. 싯다르타는 그저 자신이 빵을 먹고 있다고 말했고, 사실 그들은 둘 다 남들이 마련한 빵을 나눠 먹고 있는 셈이었다. 싯다르타는 카마스와미의 불안에 귀 기울이지 않았다. 카마스와미는 사업 중 실패의 가능성이 닥치거나, 상품이 손실되거나, 채무자가 갚지 않을까 걱정할 때마다 싯다르타와 그 염려를 나누고 싶어 했다. 그는 불안에 이마를 찌푸리고 밤잠을 설쳐야 한다고 생각했지만, 싯다르타를 설득하지 못했다. 한 번은 카마스와미가 싯다르타에게

"당신이 아는 모든 것은 나에게서 배운 것이다"라고 비난하자, 싯다르타가 대답했다.

"제발 그런 농담은 그만두세요! 제가 당신에게서 배운 건 물고기 한 바구니의 가격이나, 빌린 돈에 대한 이자를 어떻게 받을지 같은 것들입니다. 그게 바로 당신의 지식이죠. 저는 당신에게서 생각하는 법을 배우지 않았어요, 친애하는 카마스와미. 차라리 당신이 제게서 그걸 배우는 게 좋을 겁니다."

실제로 그의 마음은 상업에 있지 않았다. 거래는 그저 카말라를 만나기 위해 돈을 버는 수단이었고, 그는 필요 이상으로 많은 돈을 벌고 있었다. 그 외에 싯다르타의 관심과 호기심은 사람들에게 있었다. 그들의 거래와 직업, 걱정과 즐거움, 그리고 예전에는 달처럼 낯설고 먼 존재로만 여겼던 평범한 일들에 끌렸다. 그는 누구와도 쉽게 대화할 수 있었고, 함께 지내며 배울 수 있었지만, 여전히 그들과 자신을 분리하는 어떤 경계가 있음을 느꼈다. 그것은 사마나 시절의 흔적이었다. 그는 사람들이 어린아이처럼, 때로는 짐승처럼 살아가는 모습을 지켜보았다. 그 모습을 사랑하면서도 동시에 경멸하기도

했다. 그는 사람들이 돈, 작은 기쁨, 약간의 명예와 같은 그에 겐 무의미한 것들에 집착하며 애쓰고, 고통을 겪고, 점점 머리가 희어져가는 것을 보았다. 또한, 사람들이 서로 꾸짖고 모욕하며, 사마나가 웃어 넘길 고통들에 대해 불평하고, 사마나가 느끼지 않을 결핍 속에서 괴로워하는 모습도 보았다.

그는 자신에게 오는 모든 이들에게 마음을 열었다. 천을 팔러 온 상인도, 대출을 요청하러 온 빚쟁이도, 가난에 대해 한 시간 동안 이야기하는 거지도 반갑게 맞이했다. 그 거지는 어떤 사마나보다도 가난하지 않았다. 그는 부유한 외국 상인이나 면도를 해주는 하인, 혹은 바나나를 살 때 그를 속이는 노점상에게도 똑같이 대했다. 카마스와미가 걱정을 털어놓거나, 어떤 거래 때문에 그를 꾸짖으러 찾아올 때에도 싯다르타는 즐겁고 호기심 어린 눈으로 그의 말을 들으며 이해하려 애썼다. 그는 카마스와미의 말에 어느 정도 일리가 있음을 인정했지만, 필요한 만큼만 인정하고 그를 떠나 다시 다른 이들에게로 향했다. 그의 곁에는 늘 많은 사람들이 찾아왔다. 거래를 하러 오는 사람도, 속이려는 사람도, 동정을 구하는 사람도, 조언을 구하는 사람도 있었다. 그는 조언을 주고, 동정을 베풀며, 때로는 살짝 속아주기도 했다. 그리고 이 모든 놀이와 사람들이 그 놀이에 쏟는 열정은 과거에 신들과 브라흐만에 대한 그의 생각이 그랬던 것처럼 그의 마음을 사로잡았다.

가끔 그의 마음 깊은 곳에서 거의 들리지 않는 희미한 목소리가 울려왔다. 그 목소리는 조용히 경고하고, 낮게 불평했으나 아주 미약하게 들릴 뿐이었다. 그러면 그는 잠시 깨닫곤 했다. 자신이 기묘한 삶을 살고 있으며, 자신이 하고 있는 모든 일이 단지 하나의 놀이에 불과하다는 것을... 그는 즐거운 듯 보였고 때로는 기쁨을 느끼기도 했으나, 진정한 삶은 자신을 스쳐 지나가며 그에게 닿지 않는 듯했다. 마치 누군가가 공을 가지고 놀이하듯이, 그는 거래와 사람들 사이에서 놀고 그들을 관찰하며 즐거움을 찾았다. 그러나 마음 깊은 곳, 존재의 중심은 그곳에 머물지 않았다. 그 원천은 어딘가 멀리에서 그와 상관없이 흘러가고 있는 듯했다. 그런 생각이 들 때마다 두려워졌고, 진심으로 이 일상 속에 깊이 빠져들어 살아가기를 바랐다. 단지 옆에서 관찰자로 서 있는 것이 아니라 진정으로 행동하고, 진정으로 즐기며, 진정으로 삶에 참여하기를 원했다.

하지만 결국 그는 언제나 아름다운 카말라에게 돌아와 사랑의 예술을 배우고, 주고받는 것들이 하나가 되는 욕망의 깊은 세계를 나누었다. 그녀와 대화를 나누고, 그녀에게서 배우며, 조언을 주고받았다. 그녀는 한때 그를 이해하던 고빈다보다도 더 그를 이해하고, 더 깊이 그의 내면과 닮아 있었다.

어느 날 싯다르타가 그녀에게 말했다.

"당신은 나와 닮았어요. 다른 사람들과는 달라요. 당신은 그저 '카말라'일 뿐이죠, 그 이상도 이하도 아니에요. 그리고 당신 내면에는 언제든지 들어가서 평온을 찾을 수 있는 고요한 피난처가 있어요. 나도 그래요. 대부분의 사람들은 이런 피난처를 갖고 있지 않지만, 누구나 가질 수 있어요."

"모두가 현명한 건 아니잖아요," 카말라가 대답했다.

"그건 맞아요," 싯다르타가 말했다.

"하지만 그 이유는 아니에요. 카마스와미도 저만큼 현명할 수 있지만, 자기 안에 피난처는 없어요. 반면에 어떤 사람들은 아이 같은 마음을 가지고 있어도 그 피난처가 있죠. 대부분의 사람들은 바람에 날리는 나뭇잎 같아요. 바람에 휘둘리고, 빙글빙글 돌다가 결국 땅으로 떨어지죠. 하지만 몇몇 사람들은 별 같아요. 그들은 확고한 궤도를 따라가고, 어떤 바람도 그들에게 영향을 줄 수 없어요. 그들 안에 자신만의 법칙과 길이 있으니까요. 내가 알고 지낸 학자와 사마나들 중 한 사람이 그랬어요. 완벽한 사람, 절대 잊을 수 없는 위대한 스승 고타마였어요. 그는 가르침의 선구자였죠. 수천 명의 제자들이 매일 그의 가르침을 따르고 있지만, 그들은 모두 바람에 날리는 나뭇잎 같아요. 그들 안에 자신만의 법칙과 가르침이 없는 거예요."

카말라는 미소를 지으며 그를 바라보았다.

"당신은 또 그 사람에 대해 말하네요," 그녀가 말했다.

"또다시 사마나의 생각을 하고 있어요."

싯다르타는 잠시 침묵했고, 그들은 사랑의 놀이를 시작했다. 카말라가 알고 있던 서른 가지, 혹은 마흔 가지의 놀이 중 하나였다. 그녀의 몸은 재규어처럼 유연했고, 활처럼 강했다. 그녀에게서 사랑을 배운 이는 수많은 기쁨과 비밀을 알게 되었다. 카말라는 오랫동안 싯다르타와 함께 놀며 그를 유혹하고 밀어냈으며, 마침내 그가 지쳐 그녀 곁에 쓰러질 때까지 그를 구속하며 그의 능숙함을 즐겼다.

헤타이라 카말라는 몸을 기울이며 오랫동안 싯다르타의 얼굴과 지친 눈을 바라보았다.

"당신은 내가 만난 연인들 중 최고예요," 그녀가 깊은 생각에 잠겨 말했다.

"당신은 다른 사람들보다 강하고, 더 유연하며, 더 잘 맞춰줘요. 내 예술을 정말 잘 배웠어요, 싯다르타. 언젠가 내가 나이가 들면, 당신에게서 아이를 갖고 싶어요. 그런데도 사랑하는 이여, 당신은 여전히 사마나처럼 보여요. 그리고 사실은 나를 사랑하지 않아요. 그 누구도 사랑하지 않죠, 그렇지 않나요?"

"아마 그럴지도 몰라요," 싯다르타가 피곤하게 대답했다.

"나도 당신과 비슷해요. 당신을 사랑하지 않아요. 사랑을 예술로 다룰 수 있을까요? 우리 같은 사람들은 아마 사랑할 수 없을 거예요. '아이 같은 사람들'만이 사랑할 수 있죠. 그게 그들만의 비밀이에요."

7장

삼사라

...

마치 도공의 물레가 한번 돌기 시작하면
천천히 멈추듯이, 싯다르타의 영혼에서 돌던
수행의 바퀴, 사색의 바퀴, 분별의 바퀴는
점점 느려졌고 이제는 거의 멈추려 하고 있었다.

삼사라

　오랫동안 싯다르타는 세속적 쾌락 속에서 살았지만, 그 삶에 완전히 속하지는 않았다. 사마나로 있을 때 억눌렸던 감각이 깨어나며, 그는 부와 쾌락, 권력을 경험했지만, 마음 깊은 곳에서는 여전히 사마나로 남아 있었다는 사실을 카말라는 알아차렸다. 그의 삶을 이끌어 가는 것은 여전히 생각의 기술, 기다림의 기술, 금식의 기술이었고, 세상 사람들, 인간의 자식들은 그에게도, 그들에겐 그 역시 낯선 존재였다.

　세월이 흐르면서 싯다르타는 번영 속에서 시간의 흐름을 거의 느끼지 못했다. 그는 점점 부유해져 자신의 집과 하인들을 거느리고, 도시 근처 강가에 정원을 소유하게 되었다. 사람들은 그를 좋아해서 도움이나 조언이 필요할 때 그를 찾아왔지만, 카말라 외에 그와 가까운 사람은 없었다. 청년 시절 고타마의 설법을 듣고 고빈다와 헤어진 후 그가 경험했던 그 높은 각성의 상태, 가르침도 스승도 없는 자랑스러운 고독, 신성한 내면의 목소리를 듣기 위해 깨어 있던 그 준비된 상태는 점차 기억 속에서 희미해져 갔다. 한때 가까이 있던 성스러운 원천은 이제 멀리서 조용히 흐르고 있었다.

그가 사마나와 고타마, 그리고 아버지 브라만에게 배운 많은 것들—절제된 생활, 사색의 기쁨, 명상의 시간, 그리고 몸이나 의식이 아닌 자아에 대한 깊은 지식—이 오랫동안 그와 함께했으나, 점차 하나씩 잊히며 먼지에 덮였다. 마치 도공의 물레가 한번 돌기 시작하면 천천히 멈추듯이, 싯다르타의 영혼에서 돌던 수행의 바퀴, 사색의 바퀴, 분별의 바퀴는 점점 느려졌고 이제는 거의 멈추려 하고 있었다. 마치 죽어가는 나무줄기에 습기가 스며들어 천천히 썩게 하듯이, 세속과 나태함이 그의 영혼 속으로 스며들어가 천천히 그를 채우고 무겁게 만들며, 피로와 나른함으로 잠에 빠지게 했다. 그러나 그의 감각은 여전히 살아있어 많은 것을 배우고 경험했다.

싯다르타는 상업을 배우고, 사람들을 다루는 법을 익혔으며, 여인들과의 즐거움을 배웠다. 또한 아름다운 옷을 입는 법, 하인들에게 명령하는 법, 향기로운 물로 목욕하는 법도 익혔다. 그는 정성껏 준비된 생선, 고기, 새, 향신료, 과자 등

131

섬세한 음식을 먹는 법과, 게으름과 망각을 가져다주는 술을 마시는 법도 배웠다. 주사위와 체스를 즐기고, 무희들의 춤을 감상하고, 가마에 몸을 실어 이동하며, 부드러운 침대에서 편히 자는 생활도 알게 되었다. 그러나 그럼에도 불구하고 그는 여전히 자신이 다른 사람들과는 다르며, 그들보다 우월하다고 느꼈고, 종종 약간의 조롱과 경멸의 눈으로 그들을 바라보았다. 마치 사마나가 세속의 사람들을 멸시하듯 말이다. 카마스와미가 몸이 아프거나 화가 났을 때, 상인의 걱정으로 괴로워할 때, 싯다르타는 그를 비웃는 눈으로 바라보곤 했다.

그러나 시간이 흐르면서, 수확기와 장마가 지나가듯 서서히, 그의 조롱은 힘을 잃고 우월감도 사그라들기 시작했다. 재산이 늘어남에 따라 싯다르타는 그들처럼 어린아이 같은 성격과 두려움을 조금씩 배워갔고, 그들과 닮아갈수록 그들의 삶을 부러워하는 마음도 생겼다. 그가 그들로부터 배우지 못한 것은 단 하나, 바로 삶에 대한 진정한 중요성을 부여하는 능력이었다.

싯다르타는 자신에게는 없고 그들만이 가진 어떤 것을 부러워했다. 그것은 삶에 의미를 부여할 줄 아는 능력, 기쁨과 두려움, 열정과 불안으로 가득 찬 살아 있는 감정이었다. 이 사람들은 자신과 가족, 명예와 돈, 계획과 희망을 진심으로 사랑했다. 그러나 그는 그들로부터 그것을 배우지 못했다. 오히려 자신이 경멸했던 유치한 기쁨과 어리석음을 더 많이 배웠다. 밤늦게까지 이어진 사교 모임 뒤에는 피로에 눌려 아침에 지친 채로 오랫동안 눕는 일이 점점 더 많아졌고, 카마스와미가 걱정으로 그를 늦게 만들면 짜증과 불만이 쌓여 참을성이 없어지기도 했다. 주사위 놀이에서 졌을 때 지나치게 웃거나 과하게 반응하는 일도 있었다. 그의 얼굴은 여전히 다른 이들보다 현명해 보였으나, 부유층의 얼굴에서 흔히 볼 수 있는 불만과 무력감, 성급함, 불친절의 흔적들이 조금씩 드러나기 시작했다. 천천히, 부자의 영혼을 병들게 하는 병이 그를 잠식해갔다.

얇은 안개가 내려앉듯, 싯다르타에게도 피로가 서서히 스며들기 시작했다. 매일 조금씩 짙어졌고, 매달 흐려졌으며, 해가 갈수록 더 무겁게 느껴졌다. 새 옷이 시간이 지나며 색이 바래고 얼룩과 주름이 생기며 해져 가듯, 싯다르타가 고빈다와 헤어진 후 시작한 새 삶도 차츰 낡아지고 빛을 잃어갔다. 그의 삶 속에는 실망과 혐오가 서서히 자리를 잡았고, 드러나는 모습들은 추해지기 시작했다. 하지만 싯다르타는 이를 알아차리지 못했다. 다만 내면에 한때 분명히 들리던 그 밝고 확고한 목소리가 이제는 침묵을 지키고 있음을 느낄 뿐이었다.

세상이 그를 사로잡았다. 쾌락과 욕망, 나태함이 그의 마음을 점령했고, 마침내 자신이 가장 어리석고 경멸스럽다고 여겼던 탐욕마저 그를 억눌렀다. 부와 재산 또한 그를 옭아매었으며, 이제 그 모든 것은 단순한 놀이가 아니라 속박이자 짐이 되었다. 싯다르타는 점점 더 도박에 매혹되었고, 그것은 그가 경멸하는 삶의 방식이었지만, 동시에 그가 자신을 잊기 위해 몰두한 방편이기도 했다. 그는 이내 대담하고 높은 판돈을 거는 무모한 도박꾼이 되었고, 사람들은 그와의 도박을 두려워했다. 싯다르타는 고통을 잊기 위해 도박에 빠져들었으며, 돈을 잃고 낭비하는 순간마다 독특한 기쁨을 느꼈다. 그는 이렇게 자신의 부를 조롱하며 스스로를 비웃었다.

도박에서 승패를 거듭하며 싯다르타는 거침없고 무자비하게 자신을 내던졌다. 그는 수천을 벌었다가 수천을 잃고, 보석과 집까지 잃었다가 다시 얻곤 했다. 높은 판돈을 걸 때 느끼는 두려움과 긴장, 그로 인해 가슴이 쪼여드는 감각은 그가 사랑하는 감정이었고, 그 감정을 더 강하게 느끼고 자극하기 위해 도박을 멈추지 않았다. 그 속에서 그는 나른하고 무의미해진 삶에서 느낄 수 있는 유일한 흥분과 짜릿함을 경험했다.

큰 손실을 입을 때마다 싯다르타는 새로운 부를 갈망하며 거래에 더욱 열중했고, 채무자들에게도 더욱 엄격해졌다. 그는 계속해서 도박을 통해 자신의 경멸을 드러내고, 부를 낭비하고자 했다. 이제 싯다르타는 손실에 평온함을 잃고, 채무자들에게 참을성을 잃었으며, 거지들에게 베풀던 관대함도 사라졌다. 한때 1만을 잃고도 웃었던 그였지만, 이제는 거래에서 엄격해졌고 소심해졌으며, 때로는 밤마다 돈에 관한 꿈까지 꾸는 지경에 이르렀다.

그는 추악한 마법에서 깨어날 때마다, 침실 벽에 비친 자신의 얼굴이 점점 더 추해져 가는 것을 보며 수치심과 혐오감에 휩싸였다. 그리고 그는 더 멀리 도망쳤다. 새로운 도박에 빠지고, 욕망과 술의 마취 속으로 숨어들고, 다시금 무언가를 축적하고 소유하려는 충동에 사로잡혔다. 이렇게 의미 없는 순환 속에서 그는 스스로를 지치게 하고, 나이를 먹어가며, 병들어 갔다.

어느 날 싯다르타는 꿈을 꾸었다. 그는 저녁 무렵 카말라의 아름다운 정원에서 시간을 보냈고, 나무 아래 앉아 그녀와 대화를 나누었다. 카말라는 깊은 생각에 잠긴 듯 슬픈 표정으로 말을 이어갔는데, 그녀의 말 속에는 감추어진 피로와 슬픔이 깃들어 있었다. 그녀는 고타마에 대해 이야기해달라고 요청했고, 싯다르타는 그의 맑은 눈빛과 고요하고 자비로운 웃음, 평화로운 걸음걸이에 대해 이야기하기 시작했다. 카말라는 오랫동안 그의 이야기를 듣고, 한숨을 쉬며 말했다.

"언젠가 나는 이 부처님을 따르게 될 거예요. 나의 정원을 그분께 드리고, 그의 가르침 속에서 살아갈 거예요."

그 후 카말라는 그를 강하게 끌어안으며 격정적인 사랑을 나누었고, 눈물 섞인 포옹 속에서 그를 붙잡았다. 마치 덧없이 사라질 욕망에서 마지막 달콤한 순간을 간직하려는 것처럼. 그 순간 싯다르타는 욕망이 죽음과 얼마나 밀접한지 강렬하게 느꼈다. 그녀 옆에 누워 그녀의 얼굴을 바라보니, 카말라의 눈가와 입가에 미묘한 주름이 보였고, 그 선들 속에서 그는 가을의 그림자와 노년의 징후를 읽었다. 싯다르타도 이제 마흔이 되어 머리카락 사이에 몇 가닥 흰 머리카락이 섞이기 시작했지만, 카말라의 얼굴에는 더 깊은 피로와 기약 없는 여정의 흔적이 서려 있었다. 그녀의 얼굴에는 그 여정의 지친 기색, 늙어가고 있음을 암시하는 섬세한 불안이 담겨 있었다. 그것은 노년에 대한, 가을과 죽음에 대한 두려움이었다. 싯다르타는 한숨을 쉬며 그녀와 헤어졌고, 그의 마음은 설명하기 어려운 불안감으로 어두워졌다.

그 후, 싯다르타는 집에서 무도회와 술로 밤을 보냈다. 이미 그가 더 이상 속하지 않는 계층의 사람들 앞에서 우월한 척하면서, 그는 많은 술을 마셨고, 자정을 훌쩍 넘긴 뒤에야 피곤하고 흥분된 상태로 잠자리에 들었다. 그는 무언가에 울고 싶었고, 절망에 빠져 있는 듯 오랫동안 잠들지 못했다. 가슴속은 견딜 수 없는 고통과 혐오감으로 가득 차 있었으며, 그 혐오는 지나치게 달콤하고 지루한 음악, 부드러운 무용수들의 미소, 그리고 그들의 머리카락과 몸에서 나는 향기처럼 그를 감쌌다. 하지만 가장 혐오스러운 것은 바로 자신이었다. 그는 자신의 향수를 뿌린 머리카락, 술 냄새가 나는 입, 피로에 젖은 피부에서 느껴지는 무기력과 불쾌감을 경멸했다. 마치 과도한 쾌락과 향락으로 물든 이 모든 것을 한 번에 토해내고 벗어던지고 싶었다.

새벽이 밝아오고, 도심 거리가 분주해지기 시작하자 그는 깊은 잠이 아닌, 마치 마취에 빠진 듯한 상태에 빠져들었다. 그 순간, 그는 꿈을 꾸었다. 꿈속에서 카말라는 황금 새장 속에 작은 희귀한 노래하는 새를 가지고 있었고, 그 새는 매일 아침마다 노래하곤 했지만, 그날은 침묵하고 있었다. 그는 이상하게 여겨 새장 앞으로 다가갔고, 그곳에서 작은 새가 죽어 딱딱하게 굳은 채로 새장 바닥에 누워 있는 것을 발견했다. 그는 새를 꺼내 손에 잠시 올려놓고는 거리로 던져 버렸다. 그 순간 엄청난 공포가 그를 사로잡았고, 마치 이 죽은 새와 함께 자신에게서 모든 가치와 소중한 것이 사라져버린 듯한 상실감에 휩싸였다.

이 꿈에서 깨어난 싯다르타는 깊은 슬픔에 잠겼다. 그의 삶은 무가치하고 의미 없이 흘러갔으며, 손에는 살아 있는 것, 소중한 것이 아무것도 남아 있지 않은 듯했다. 마치 고립된 해변에 홀로 남겨진 조난자처럼 그는 텅 빈 느낌에 사로잡혔다. 어두운 마음을 안고 싯다르타는 자신이 소유한 쾌락의 정원으로 향했다. 그곳에서 문을 닫고 망고나무 아래 앉아, 가슴속에 죽음과 공포를 안은 채 자신이 서서히 시들어가고 있음을 느꼈다.

　그는 차츰 생각을 모으며 자신의 삶을 처음부터 되돌아보았다. 언제 진정한 기쁨을 느꼈던가? 몇 번인가 맛본 기쁨이 떠올랐다. 어린 시절 브라만들에게 칭찬을 받을 때, 제사에서 보조 역할을 할 때, 신성한 구절을 읊을 때, 그리고 학자들과 논쟁할 때 그는 마음속에서 '네 앞에 길이 놓여 있으며, 그 길로 부름을 받은 신들이 그대를 기다리고 있다'는 확신을 느꼈다. 젊은 시절에도 그랬다. 그는 언제나 다른 사상가들과 자신을 비교하며 한발 앞서 있었다. 브라만의 진리를 깨닫기 위해 고뇌하며 지식을 쌓을 때도 그는 끊임없는 갈증 속에서 스스로에게 이렇게 말했다. '더 나아가라! 너는 부름을 받았다!'

　그 목소리는 그가 고향을 떠나 사마나의 길을 걸을 때, 사마나들을 떠나 부처에게 갔을 때, 그리고 그조차 떠나 미지의 길을 걸었을 때 그를 이끌었다. 하지만 이제 그는 그 목소리를 오랫동안 듣지 못했고, 더 이상 높은 목표를 향해 나아가지 않았다. 그의 길은 평탄하고 지루했으며, 오랜 세월 동안 열망 없이 단순한 쾌락에 탐닉했지만, 결코 완전한 만족에 이르지 못한 채 흘러가고 있었다.

이 모든 세월 동안 그는 자신도 모르게 이 사람들처럼, 이 아이들처럼 남자답게 살기를 갈망했지만, 그의 삶은 그들의 목표도, 그들의 걱정도 아니었다. 카마스와미와 그의 사람들의 세상, 이 모든 것은 그에게 단지 게임이나 관람하는 춤, 웃음을 자아내는 코미디처럼 보였고, 오히려 그들보다 더 비참하고 가난한 삶이었다. 그에게 소중한 것은 오직 카말라뿐이었지만, 이제 그녀도 여전히 소중할까? 그가 여전히 그녀를 필요로 하는 걸까, 아니면 그녀가 그를 필요로 하는 걸까? 그들은 끝없는 게임을 하고 있는 것은 아닐까? 그 게임을 위해 살아야 할 필요가 있었던 걸까? 아니, 그럴 필요는 없었다! 이 게임은 '삼사라'라 불리는, 아이들의 놀이였다. 한두 번은 할 수 있지만, 계속 반복할 수 있는 게임은 아니었다.

그때 싯다르타는 이 게임이 끝났고, 이제 더는 할 수 없다는 것을 깨달았다. 몸에 전율이 흐르며 그의 내면에서 무언가가 서서히 죽어가고 있음을 느꼈다.

그날 하루 종일 싯다르타는 망고나무 아래에 앉아 아버지와 고빈다, 고타마를 떠올리며 시간을 보냈다. 그들을 떠나 이렇게 카마스와미의 길을 걷게 된 것이 정말로 필요한 일이었을까? 밤이 찾아왔을 때도 그는 여전히 그 자리에 앉아 있

---

* 삼사라 : 산스크리트어로 '순환'을 뜻하며, 삶과 죽음, 재탄생의 끝없는 윤회를 의미한다. 삼사라는 고통과 집착의 반복으로 가득하며, 이를 벗어나 열반에 이르는 것이 해탈의 목표로 여겨진다.

었다. 별을 바라보며 그는 생각했다.

'지금 나는 내 망고나무 아래, 내 정원에 앉아 있구나.'

그는 약간 미소를 지었다. 망고나무를 소유하고 정원을 갖는 것이 과연 필요한 일이었을까? 옳은 선택이었을까, 아니면 그저 어리석은 놀이였을까?

이제 그는 그것마저도 마음에서 놓아버렸다. 그조차 그의 내면에서 사라졌다. 그는 자리에서 일어나 망고나무와 정원에 작별을 고했다. 하루 종일 아무것도 먹지 않아 극심한 배고픔이 몰려왔고, 도시 속 자신의 집과 방, 침대, 음식이 놓인 식탁이 떠올랐다. 그러나 피곤한 미소를 지으며 고개를 저었고, 모든 것과 작별을 고했다.

그날 밤, 싯다르타는 정원을 떠나 도시를 벗어나며 다시는 돌아오지 않았다. 카마스와미는 그가 도적의 손에 죽임을 당했을 거라 생각하며 오랫동안 그를 찾아다녔지만, 카말라는 그를 찾지 않았다. 싯다르타가 사라졌다는 소식을 들었을 때, 그녀는 놀라지 않았다. 항상 이를 예상해왔던 것이 아니었던가? 그는 언제나 사마나였고, 정처 없는 방랑자였음을... 마지막 만남에서도 그녀는 그가 떠날 것을 느꼈으며, 떠난 그의 빈자리에서 마지막으로 그와 깊이 하나 되었던 순간을 기쁘게 되새겼다.

싯다르타가 사라졌다는 소식을 처음 들었을 때, 그녀는 창

가로 다가갔다. 그곳에는 그녀가 황금 새장에 기르던 희귀한 노래하는 새가 있었다. 그녀는 새장의 문을 열고 새를 꺼내어 날려 보냈다. 한참 동안 그녀는 새가 날아가는 모습을 바라보았다. 그날 이후 그녀는 더 이상 손님을 받지 않았고, 집을 굳게 닫아두었다. 얼마 후 그녀는 싯다르타와의 마지막 만남에서 자신이 임신했음을 깨달았다.

8장

강가에서

⋮

이 강에서 그는 스스로 생을 마감하려 했고,

그 순간 오래되고 지친 싯다르타는 죽음을 맞았다.

그러나 새로 태어난 싯다르타는

이 흐르는 강물에 깊은 애정을 느꼈고,

이곳을 떠나지 않기로 마음먹었다.

강가에서

싯다르타는 숲속을 걸었다. 이미 도시는 멀리 뒤로하고 있었고, 그는 이제 다시 돌아갈 수 없다는 것만을 확실히 느끼고 있었다. 오랜 세월 이어온 삶이 이제 끝나 있었고, 너무나 익숙해질 정도로 모든 것을 맛보고 소모한 삶이었다. 꿈속에서 보았던 작은 새는 죽었고, 그의 가슴속에 있던 새도 죽어버렸다. 그는 깊이 삼사라에 빠져 있었고, 마치 스펀지가 물을 흡수하듯 모든 면에서 혐오와 죽음을 흡수한 듯한 기분이었다. 그 감정들이 그를 가득 채우고 있었다. 이제 그는 아무것도 남아 있지 않았다. 기쁨도, 위안도, 그를 사로잡을 그 무엇도 없었다.

그는 더 이상 자신에 대해 알고 싶지 않았다. 그는 평화와 죽음을 원했다. 번개가 내리쳐 그를 데려가거나, 호랑이가 나타나 그를 삼켜버리길 바랐다. 혹은 그를 마취시키고 잊게 하는 독이나 포도주가 있어 더는 깨어나지 않았으면 좋겠다고 생각했다. 그가 아직 더럽히지 않은 것이 남아 있을까? 저지르지 않은 죄악이나 어리석음이 남아 있기나 할까? 그는 모든 것을 경험했고, 영혼은 이미 황폐해져 버린 듯했다. 더 이상 살아가는 것이 과연 가능한 일일까? 그가 계속해서 숨을 쉬고, 먹고, 잠을 자고, 또다시 여인과 함께하는 순환을 반복하는 것이 가능한 일일까? 그 순환은 그에게 더는 아무것도 남기지 않고 이미 끝나 있지 않았던가?

싯다르타는 숲 속을 걷다가 큰 강에 이르렀다. 한때 그가 젊었던 시절, 고타마가 있는 도시에서 돌아오던 길에 뱃사공이 그를 건너게 해준 그 강이었다. 그는 강가에 멈춰 섰다. 피로와 굶주림으로 지쳐 있었고, 어디로 가야 할지, 무슨 목적이 남아 있는지조차 알 수 없었다. 이제는 어떤 목표도 없었고, 그저 이 끔찍한 꿈을 떨쳐내고 싶었다. 쓴 와인을 토해내듯 이 비참하고 치욕스러운 삶을 끝내고 싶다는 간절한 갈망만이 그를 채우고 있었다.

강가에는 한 그루 코코넛 나무가 물가 쪽으로 기울어져 있었다. 싯다르타는 어깨를 나무에 기대고 팔을 나무 줄기에 두르며 푸른 강물을 바라보았다. 물은 끊임없이 흐르고 있었고 그는 그 물속으로 몸을 던져 깊이 가라앉고 싶다는 강렬한 욕망으로 가득 차 있었다. 물에 비친 그의 내면의 공허함이 마치 그의 존재의 공허함을 응시하는 듯했다. 이제 그는 끝에 다다랐다. 남은 것은 아무것도 없었다. 오직 자신을 소멸시키고, 실패로 얼룩진 삶을 부수어 그 파편을 신들의 발 밑에 던져버리는 것뿐이었다. 이것이야말로 그가 갈망하던 마지막 탈출, 죽음, 그가 증오하던 자신의 형상을 파괴하는 순간이었다! 물고기들이 그를 먹어치우게 하라. 싯다르타라는 이 어리석은 자, 타락하고 지친 몸, 남용된 영혼을! 물고기와 악어들이 그를 찢어놓고, 악마들이 그를 갈가리 찢게 하라!

그는 일그러진 얼굴로 물을 응시하며, 물속에 비친 자신의 얼굴을 보았다. 그 얼굴에 그는 침을 뱉었다. 깊은 피로 속에서 그는 나무를 놓고 몸을 돌려, 마침내 물속으로 가라앉기 위해 눈을 감고 죽음에 몸을 맡기려 했다.

바로 그때, 그의 영혼의 깊은 곳에서, 지난 삶의 어두운 기억 속에서 한 음절이 울려 퍼졌다. 그것은 하나의 단어, 한 음절이었다. 생각 없이 그는 그 단어를 입 밖으로 웅얼거리듯 발음했다. 그것은 모든 브라만의 기도의 시작과 끝을 의미하는 고대의 신성한 단어, '옴'이었다. 이 단어는 '완전함' 혹은 '완성'을 뜻했다. 그 순간, '옴'이라는 소리가 그의 귀에 닿자, 잠들어 있던 그의 정신이 갑자기 깨어나 자신의 행동이 어리석었음을 깨달았다.

싯다르타는 깊은 충격에 휩싸였다. 이게 바로 자신의 상태였던가? 그는 이렇게 잃어버리고 방황하며, 모든 지식에서 멀어져 죽음을 갈구하고 있었던가? 평화를 찾기 위해 자신의 몸을 없애려는 소망이 그의 마음속에서 이토록 크게 자라났던가? 지금까지 그 어떤 고통과 좌절도 이런 깨달음을 주지 못했는데, 단 한마디 '옴'이라는 말이 그의 의식 속으로 들어오자 그는 자신의 비참함과 길 잃음을 깨달았다.

그는 조용히 자신에게 속삭였다.

"옴…"

그리고 다시금 브라흐만을, 삶의 불멸을, 그리고 잊고 있던 모든 신성을 느꼈다.

그러나 이 깨달음은 순간적인 번뜩임에 불과했다. 코코넛 나무 아래 싯다르타는 무릎을 꿇고 지친 몸을 나무에 기대며 '옴'을 중얼거리다 깊은 잠에 빠져들었다. 그의 잠은 깊었고, 꿈 없는 안식이었다. 오랜만에 그는 이런 잠을 경험했고 몇 시간이 지나 그가 깨어났을 때는 마치 긴 세월이 지난 듯했다. 강물의 잔잔한 흐름 소리가 그의 귀에 울렸고, 그는 자신이 어디에 있는지, 어떻게 이곳에 오게 되었는지 알지 못한 채 눈을 떠 나무와 하늘을 바라보았다.

이내 기억이 돌아왔지만, 예전의 삶은 마치 베일에 싸인 듯

희미하고 무의미하게 느껴졌다. 그는 자신이 지난 삶을 떠났고, 그 삶이 지금은 오래된 꿈처럼 멀게 느껴진다는 것만을 알았다. 혐오와 절망에 가득 차 자신의 삶을 버리려 했던 자신이었지만, 지금은 강가의 코코넛 나무 아래에서 '옴'을 중얼거리며 새로운 존재로 깨어났음을 깨달았다. 그는 부드럽게 '옴'을 되뇌었고, 오랜 잠이 그저 '옴' 속으로의 깊은 몰입이자 완전한 쉼이었다고 느꼈다.

이 얼마나 멋진 잠이었던가! 그는 이렇게 상쾌하고 새롭고 젊어진 적이 없었다. 어쩌면 실제로 죽고 새로운 모습으로 다시 태어났을지도 모른다. 하지만 그는 여전히 자신의 손과 발을 알았고 자신이 누워 있는 이 땅을 알았으며 그리고 그 자신이 변해 있음을 알았다. 새로운 싯다르타는 그 어느 때보다도 상쾌했고, 이상하게도 깨어 있었으며, 기쁨과 호기심으로 충만해 있었다.

몸을 일으켜보니 싯다르타 앞에 한 남자가 앉아 있었다. 그 남자는 노란 승복을 입고 삭발한 수도승으로, 명상하듯 고요히 앉아 있었다. 싯다르타는 그를 잠시 바라보다가, 그가 바로 자신의 오랜 친구, 고빈다라는 것을 알아차렸다. 세월이 흘렀지만 고빈다의 얼굴에는 여전히 열정과 충성, 탐구심, 그리고 약간의 두려움이 서려 있었다. 그러나 고빈다는 싯다르타를 알아보지 못했다. 그저 깨어난 것을 기뻐하며 바라보고 있었다.

"잠이 들었었네, 여기엔 어쩐 일인가?" 싯다르타가 말했다.

"당신은 깊이 잠들어 있었소," 고빈다가 대답했다.

"이곳은 위험한 곳이니 조심해야 하오. 뱀이나 숲 속의 동물이 다니는 곳이니까요. 나는 거룩한 고타마 부처님의 제자로서 순례 중이었소. 무리와 함께 지나가다 당신을 발견했지만, 잠이 깊어 깨우지 못했소. 그래서 여기 남아 당신을 지키고 있었는데, 어느새 나도 잠이 들어버렸군요. 이제 당신이 깨어났으니 다시 형제들에게 돌아가야겠소."

"나의 잠을 지켜줘서 고맙네, 사마나여," 싯다르타가 조용히 말했다.

"부처님의 제자들은 참으로 친절한것 같소. 이제 길을 재촉하시오."

"그리하겠소, 주여. 평안을 빕니다. 안녕히 계시오." 고빈다는 작별 인사를 하며 말했다.

"잘 가게, 고빈다." 싯다르타가 말했다.

고빈다는 걸음을 멈추고 돌아섰다.

"말씀해 주십시오. 제 이름을 어떻게 아시는지…?"

싯다르타는 미소 지었다.

"나는 자네를 안다네, 고빈다. 자네의 아버지 집에서도, 브라만학교에서도, 우리가 함께 제사를 드리던 곳에서도, 사마

나가 되기 위해 길을 떠나던 순간에도. 또 제타바나 숲에서 자네가 부처님께 귀의하던 모습도 기억하네.”

“아, 싯다르타!” 고빈다가 놀란 듯 외쳤다.

“이제야 알아보겠군. 왜 처음에 알아보지 못했는지 모르겠네. 다시 만나니 정말 기쁘네, 싯다르타여.”

“나 역시 반갑네, 고빈다. 그리고 내 잠을 지켜줘서 다시 고맙네. 비록 그럴 필요는 없었지만 말일세. 자네는 어디로 가는 길인가, 친구여?”

“어디로 가는 것도 아니네. 비가 오지 않는 한 우리는 늘 순례 중이니까. 그저 규율에 따라 사방을 다니고, 가르침을 전하며, 시주를 받고 떠날 뿐이라네. 하지만 자네는, 싯다르타, 자네는 어디로 가고 있는 건가?”

싯다르타가 말했다.

“나도 그저 떠돌 뿐이네, 고빈다. 어디로 가는 것은 아니지. 나는 단지 길을 걷고 있을 뿐이야.”

고빈다가 대답했다.

“자네가 순례 중이라고 하니 믿겠네. 하지만 미안하네, 싯다르타. 자네의 모습은 순례자 같지 않다네. 옷은 부유한 사람의 옷이고, 신발도 귀족의 것이며, 머리에서 좋은 향기가 나는 걸 보니, 이런 모습은 사마나나 순례자에게선 보기 힘들지 않은가.”

"잘 보았네, 친구여. 자네의 날카로운 눈이 다 알아보는군. 하지만 내가 사마나라고 말한 적은 없네. 나는 그저 순례자라고 했지. 그렇다네, 순례자일 뿐이야."

"순례자라니…" 고빈다가 말했다.

"하지만 이런 옷에 이런 신발을 신고 다니는 순례자는 드물지 않나? 오랜 세월 순례길을 다녔지만, 이런 순례자는 본 적이 없는데…"

"자네 말이 맞네, 고빈다. 하지만 이제 오늘, 그런 순례자를 보게 된 것이지. 기억하게, 친구여. 세상의 모든 형상은 덧없고, 우리 옷도, 머리 모양도, 머리카락과 몸도 덧없는 것이지. 자네가 본 대로 나는 부자의 옷을 입고 있었네. 한때는 부자였고, 세속에서 방탕하게 살아보기도 했지, 왜냐하면 그들 중 하나였으니까."

"그럼 지금은, 싯다르타, 지금의 자네는 무엇이란 말인가?"

"나도 모르겠네. 자네처럼 나도 알지 못하네. 다만 길을 가고 있을 뿐이야. 한때는 부자였지만, 이제는 그렇지 않고, 내일 내가 무엇이 될지는 나도 모른다네."

"그렇다면… 재산을 잃었단 말인가?"

"내가 잃었거나, 혹은 재산이 나를 떠났을 수도 있겠지. 다 사라졌네. 이 세상의 형상은 빠르게 변하지 않나, 고빈다. 브라만이었던 싯다르타는 어디에 있는가? 사마나였던 싯다르타는 어디로 갔나? 부자였던 싯다르타는 또 어디에 있는가?
덧없는 것은 끊임없이 바뀌네, 고빈다. 자네도 알지 않나."

고빈다는 오랜 시간 동안 어린 시절의 친구를 바라보며 의
심스러운 눈빛을 숨기지 않았다. 그리고 마침내 그는 마치 귀
족을 대하듯 싯다르타에게 정중히 인사를 하고 길을 떠났다.
싯다르타는 미소를 지으며 그의 뒷모습을 바라보았다. 여전
히 그는 이 충직하면서도 약간 두려움이 서린 친구에게 깊은
애정을 느꼈다. 특히 지금, 이 놀라운 잠에서 깨어나 '옴'의 마
법 속에 다시 태어난 것 같은 이 순간에, 그가 누구를, 무엇을
사랑하지 않을 수 있었겠는가? 이 깨달음이야말로 그를 변화
시킨 마법이었다. 이제 그는 모든 것에 사랑을 느끼고, 눈에
들어오는 모든 것에 기쁨과 따뜻함이 가득했다. 바로 이것이
이전의 병든 자신과 다른 점임을 그는 새삼 깨달았다. 그가
한때 병들었던 이유는 바로 누구도, 아무것도 사랑할 수 없었
기 때문이었다.

싯다르타는 멀어져가는 고빈다를 향해 여전히 미소를 지
었다. 깊은 잠은 그에게 커다란 힘을 주었지만, 이틀 동안 아
무것도 먹지 못한 배고픔이 그를 괴롭히기 시작했다. 그는 이
제 더 이상 예전처럼 배고픔을 견디는 것이 쉽지 않음을 깨달
았다. 그러면서도 그는 그 시절을 떠올리며 웃음을 머금었다.
카말라 앞에서 자랑스럽게 자신이 가진 세 가지 무적의 기술

을 이야기했던 기억이 떠올랐다. 금식, 인내, 사색. 그것이 그의 모든 자산이자 인생의 든든한 버팀목이었다. 젊은 시절 그는 그 기술들을 익히기 위해 열심히 노력했고, 오직 그것만을 가졌었다. 하지만 이제 그 기술들은 사라졌다. 그는 그 모든 것을 덧없는 감각의 쾌락과 편안한 삶, 그리고 재물에 내어주고 말았다. 그것이 얼마나 묘한 경험인지, 싯다르타는 마치 세상을 처음 배워나가는 어린아이와 같아져버린 자신을 느끼고 있었다.

싯다르타는 자신의 상황을 곰곰이 생각해보았다. 생각하는 것이 쉽지 않았고, 본질적으로는 생각하고 싶지도 않았지만, 그는 스스로에게 생각을 강요했다.

그는 속으로 말했다.

'이 모든 덧없는 것들이 나를 떠나고 나니, 나는 마치 태양 아래 맨몸으로 서 있는 것 같다. 마치 어릴 적처럼, 가진 것도, 할 줄 아는 것도, 배운 것도 없는 상태로 돌아가게 된 것이다. 이 얼마나 기이한가! 이제 나는 젊지도 않고, 머리는 반쯤 희어졌으며, 힘도 예전 같지 않은데, 다시 처음으로 돌아가 어린아이처럼 시작해야 한다니…'

그는 다시 미소를 지었다. 그의 운명은 참으로 묘했다. 내려가는 길 끝에 다다른 줄 알았는데, 지금 이렇게 빈손으로 세상 속에 멍하니 서 있게 된 것이다. 그럼에도 슬픔은 느껴지지 않았다. 오히려 자신에게 웃음이 났다. 세상 자체가 웃음을 자아낼 만큼 이상하고 어리석게 느껴졌기 때문이다.

"내리막길을 걷고 있군!" 그는 스스로에게 웃으며 말했다. 그의 시선은 강물로 향했다. 강물은 아래로 흐르고 마치 그 흐름 속에서 즐거운 노래를 부르는 듯 기쁨이 가득한 것처럼 보였다. 그 모습이 마음에 들었다. 그는 강을 향해 다정한 미소를 지었다. 저 강이 바로 그가 스스로를 던지려 했던 강이 아닌가? 마치 오래전이었거나, 꿈에서처럼 느껴졌다.

'정말로 내 인생은 이상한 길을 걸어왔군' 그는 생각했다. 어릴 적에는 신과 제사에만 관심이 있었다. 젊은 시절엔 오직 금욕과 명상, 사색에 몰두했고, 브라흐만을 찾아 나섰으며, 아트만을 통해 영원을 예배했다. 청년 시절에는 고행자들과 함께 숲에서 살며, 굶주림과 고통을 견디고, 내 몸을 거부하는 법을 배웠다. 그리고 위대한 부처님의 가르침을 통해 세상의 일치를 느꼈지만, 그 길도 나와 맞지 않아 떠났다. 이후 카말라에게서 사랑의 기쁨을, 카마스와미에게서 상업과 돈의 세계를 배웠고, 그 사이에서 쾌락과 물질적 삶의 만족을 탐닉했다. 그러면서 점차 지혜를 잃고 사색의 법을 잊었고, 세상과의 일치라는 원리도 잊혀갔다. 마치 다시 어린아이가 된 듯, 사색가에서 유치하고 단순한 사람이 된 것이다. 하지만 이 길이 나쁘지 않았다고 생각한다.

가슴속의 새가 죽지 않았다는 것만으로도 다행이다. 그런데도 나는 얼마나 많은 어리석음과 죄악, 실수와 좌절을 겪고서야 새롭게 다시 시작할 수 있게 되었단 말인가! 내 마음은 이 모든 여정을 받아들였고, 나의 눈은 그 여정을 웃음으로 되돌아보며 동의하고 있다. 나는 은혜를 경험하고, 옴을 다시 듣고, 제대로 잠들고, 제대로 깨어나기 위해 절망을 경험해야 했고, 가장 어리석은 생각, 자살에 대한 생각에 빠져들어야 했다. 나는 내 안의 아트만을 다시 찾기 위해 어리석음을 경험해야 했고, 다시 살아가기 위해 죄를 지어야만 했다. 이제 나의 길이 어디로 향할지 누가 알겠는가? 그 길은 어쩌면 빙글빙글 돌며, 원을 그리며 이어질 것이다. 그래도 나는 그 길을 계속 갈 것이다.

그는 가슴속에서 놀라운 기쁨이 솟구치는 것을 느꼈다

"어디서 온 기쁨일까?" 그는 스스로에게 물었다.

'긴 잠에서 온 걸까? 아니면 '옴'을 외쳤기 때문인가? 아니면 내가 도망쳐 완전히 자유로워졌고, 마치 어린아이처럼 하늘 아래 서 있을 수 있게 되었기 때문인가? 아, 이 자유가 얼마나 좋으냐! 이 맑고 아름다운 공기가 얼마나 상쾌한지! 그곳에선 향신료와 와인, 풍요와 나태함의 냄새만 가득했는데, 나는 부유한 자들, 쾌락주의자들, 도박꾼들의 세계를 얼마나 혐오했던가! 그 세계에 오랫동안 머문 나 자신이 얼마나 미웠던가! 나는 스스로를 미워했고, 늙고 사악하게 만들어가고 있었다! 이제 더 이상 나 자신이 현명하다고 믿지 않겠다. 하지만 이건 잘한 일이다. 이제는 더 이상 나를 미워하지 않게 되었으니, 그 어리석고 헛된 삶을 끝낸 건 정말 잘한 일이다! 잘했다, 싯다르타. 오랜 어리석음 끝에 너는 결단을 내렸고, 마음 속 새의 노래를 따라 행동했구나!'

그는 스스로를 칭찬하며, 허기진 배에서 나는 소리마저 흥미롭게 들었다. 최근의 나날 동안, 그는 고통과 비참함을 끝까지 맛보고 뱉어내며, 절망과 죽음을 마주하는 지점까지 자신을 밀어붙였다고 느꼈다. 그러한 경험이 그에게는 오히려 좋았다. 만약 그가 강물 위에 서서 스스로를 파괴하려던 완전한 절망과 좌절의 순간을 겪지 않았다면, 그는 여전히 카마스와미 곁에서 무의미한 삶을 지속했을 것이다. 돈을 벌고 낭비하며 배를 채우는 대신, 영혼은 갈증으로 말라가는 그 안락한 지옥 속에서 말이다. 하지만 그는 그 깊은 절망과 혐오 속에서도 굴복하지 않았고, 그의 내면에 남아 있던 즐거운 샘과 노래가 여전히 살아 있다는 사실을 깨달았다. 그는 그 사실에 기뻐하며 웃었고, 그의 희끗희끗한 머리카락 아래에서 얼굴은 밝은 미소로 빛났다.

"좋아." 그는 생각했다.

'모든 것을 스스로 경험하는 것이 좋다. 세속적 쾌락과 부유함이 진정한 행복이 아니라는 걸 이젠 경험으로 알게 되었으니. 이제 나는 그것을 진심으로 깨달았다. 기억으로만이 아니라, 내 눈과 마음, 배로까지 알게 된 것이다. 내가 이것을 온몸으로 깨닫게 되어 정말 다행이다!'

그는 가슴속에서 기쁨으로 노래하는 새의 노래를 들으며 자신의 변화를 오래 곱씹었다. 그 새는 죽었던가? 그는 그 새의 죽음을 느꼈던가? 아니, 그의 내면에서 죽은 것은 다른 무엇이었다. 오랜 시간 동안 그가 갈망했던 죽음은 바로 그 자아의 일부, 오래전 수행 중 죽이려 했던, 두려워하고 자만하는 작은 자아였다. 그는 늘 그 자아와 싸워왔고, 때론 그 싸움에서 실패하며, 그것을 없애려 애썼지만 성공하지 못했다. 그런데 마침내 이 숲 속, 강가에서 그것이 완전히 사라진 것이었다. 바로 그 때문이었을까? 그가 이제 어린아이처럼 되어서, 두려움 없는 기쁨으로 가득 차게 된 것이.

싯다르타는 이제야 왜 자신이 브라만으로서, 금욕자로서 그 자아를 죽이는 데 실패했는지를 깨달았다. 너무 많은 지식, 너무 많은 경전과 규칙이 그를 가로막았다. 그에게는 언제나 남들보다 한발 앞서가려는 자만과 영적 자부심이 있었고, 자아는 그 속에 교묘히 숨어 자라왔다. 그는 그것을 고행과 금욕으로 없애려 했지만, 오히려 거기서 생겨났던 것이다. 이제 그는 그것을 분명히 보았다. 어떤 스승도 그를 구원할 수 없었다. 그는 스스로 쾌락과 권력, 여성과 돈 속에 뛰어들어야 했고, 상인과 도박꾼, 탐욕스러운 자가 되어야 했던 것이다. 그러니 그는 이 어두운 세월을 견뎌야만 했다. 혐오감과 공허함, 삶의 무의미함 속에서 마침내 자신 속의 정욕적인 자아가 완전히 죽을 때까지 버텨야 했다. 그렇게 해서야만 내면의 사제와 금욕적인 자아가 마침내 사라질 수 있었다.

그리고 이제 그 자아가 죽고, 새로운 싯다르타가 눈을 떴다. 언젠가 그도 늙고 죽겠지만, 지금 이 순간만큼은 그는 새롭게 태어난 듯, 젊고 어린아이처럼 기쁨에 가득 차 있었다.

그는 이런 생각을 하며, 배 속에서 꼬르륵거리는 허기를 느꼈고, 감사하게도 주변에 윙윙거리는 벌 소리도 들려왔다. 그는 흐르는 강물을 기분 좋게 바라보며, 이전에는 결코 느껴보지 못한 친밀함을 그 물결에서 느꼈다. 강물의 흐름과 소리가 이렇게 힘차고 아름답게 다가온 적이 없었다. 강은 마치 그에게 특별한 무언가를 속삭이는 듯했다. 아직은 그 뜻을 알 수 없었지만, 앞으로 자신을 향해 다가오는 무엇이 있을 것만 같았다. 바로 이 강에서 그는 스스로 생을 마감하려 했고, 그 순간 오래되고 지친 싯다르타는 죽음을 맞았다. 그러나 새로 태어난 싯다르타는 이 흐르는 강물에 깊은 애정을 느꼈고, 이곳을 떠나지 않기로 마음먹었다.

9장

뱃사공

...

그는 말 한마디 없이, 이야기하는 이가

자신의 모든 말을 빠짐없이 들어주고 있음을,

칭찬이나 비난 없이 오롯이 경청하고 있음을

느끼게 하는 사람이었다.

뱃사공

"이 강가에 머물고 싶다." 혼잣말을 하며 싯다르타는 생각했다.

'이 강은 예전에 내가 사람들의 세상으로 향할 때 건넜던 강이야. 그때 나를 건너게 도와준 친절한 뱃사공이 있었지. 그를 다시 찾아가야겠다. 그의 오두막에서 시작되었던 내 새로운 삶은 이제 낡아서 사라졌으니, 다시 그곳에서 새로운 삶이 시작될 수 있기를!'

그는 흐르는 강물을 부드러운 눈빛으로 바라보았다. 투명한 녹색 물 속에는 신비로운 선들이 그려져 있었고, 깊은 곳에서 빛나는 진주와 물 위를 떠다니는 공기 방울들이 보였다. 하늘의 푸른 빛이 그 안에 고스란히 담겨 있었다. 강물은 녹색, 흰색, 투명, 하늘색 등 수천 개의 눈처럼 반짝이며 그를 바라보는 듯했다. 싯다르타는 이 물이 얼마나 사랑스러운지, 그리고 물이 주는 깊은 매력을 느꼈다. 그의 마음 깊은 곳에서 새로운 목소리가 깨어나며 속삭였다.

"이 물을 사랑하라. 여기 머물러라. 이 물에게서 배워라!" 그래, 그는 이 물에게서 배우고, 물이 들려주는 이야기를 듣고 싶었다. 이 강물과 그 비밀을 이해하는 자라면 다른 많은 것을, 심지어 모든 것을 이해할 수 있을 것만 같았다.

그러나 오늘 그는 강의 비밀 중 하나만을 보았고, 그것이 그의 영혼을 사로잡았다. 그는 물이 끊임없이 흐르면서도 그 자리에 있고, 언제나 같은 듯하지만 매 순간 새롭게 변하는 모습을 보았다.

'아, 이것을 완전히 이해할 수 있다면, 깨달을 수 있다면!' 그는 아직 그 의미를 완전히 깨닫지는 못했지만, 그 속에 아득한 예감과 오래된 기억, 그리고 신성한 목소리들이 깃들어 있음을 느꼈다.

싯다르타는 몸을 일으켰다. 배고픔이 점점 더 강하게 느껴졌고, 그는 강을 따라 다시 걸음을 옮겼다. 물 흐르는 소리를 들으며, 배 속에서 요동치는 배고픔도 느꼈다.

그가 나루터에 도착했을 때, 배는 이미 강가에 준비되어 있었고, 예전에 자신을 강 건너편으로 데려다준 그 뱃사공이

서 있었다. 싯다르타는 그를 알아보았다. 뱃사공도 그새 나이를 많이 먹은 듯 보였다.

"강을 건너게 해주시겠습니까?" 싯다르타가 물었다.

뱃사공은 고귀한 모습의 남자가 홀로 이곳을 찾은 것에 약간 놀라며, 그를 배에 태우고 천천히 노를 저으며 출발했다.

"좋은 삶을 선택하셨습니다," 싯다르타가 말했다.

"이 물가에서 지내며 매일 강을 건너는 삶이라니, 참으로 평화롭고 아름다울 것 같군요."

바사데바는 미소를 지으며 부드럽게 대답했다.

"그렇습니다, 강가에서의 삶은 아름답습니다. 하지만 생각해보면 모든 삶이 각자 그 나름의 아름다움을 가지고 있지 않습니까?"

"그럴 수도 있겠지요. 하지만 이상하게도 저는 당신의 삶이 부럽습니다."

바사데바가 웃으며 말했다.

"아, 이 일도 오래 하면 싫증이 나기 마련입니다. 이런 일은 좋은 옷을 입은 분에게는 그다지 맞지 않을지도 모르지요."

싯다르타는 웃음을 터뜨리며 말했다.

"오늘 하루 동안 내 옷 때문에 몇 번이나 사람들이 나를 의아하게 쳐다보았소. 사실 이 옷들은 이제 나에게 짐이 되는군요. 이 옷들을 가져주셨으면 좋겠소. 그리고 사실 나에게는 당신께 드릴 돈도 없습니다."

바사데바가 웃으며 말했다.

"선생님께서 농담하시는 것 같군요."

"아니오, 농담이 아닙니다, 친구. 예전에 당신이 나를 이 강을 건너게 해주셨을 때도, 보답을 받지 않았지요. 이번에도 이렇게 해주고, 이 옷을 받아주시겠습니까?"

"그렇다면 선생님은 옷 없이 남으시겠다는 말씀이신가요?"

"사실 이제는 더 이상 여행을 계속하고 싶지 않습니다. 친구여, 제게 낡은 앞치마를 주시고, 제가 당신의 조수로, 나아가 제자로 살아갈 수 있도록 해주십시오. 저는 이 배를 다루는 법을 배워야 하니까요."

바사데바는 그를 한동안 바라보며 천천히 그의 얼굴을 살폈다. 마침내 기억이 떠오른 듯 말했다.

"이제 당신을 알아보겠군요. 한때 우리 오두막에서 밤을 보냈던 손님이셨죠. 아마도 20년이 더 된 일일 겁니다. 그때도 제가 이 강을 건너게 도와드렸고, 우리는 친구처럼 헤어졌지요. 당신은 사마나였고, 이름은 기억나지 않지만…"

"내 이름은 싯다르타요. 그때 나는 사마나였습니다."

바사데바는 얼굴에 따뜻한 미소를 띄우며 대답했다.

"그렇다면 환영합니다, 싯다르타. 내 이름은 바사데바입니다. 오늘 밤 내 오두막에서 쉬고, 그동안 어떻게 지내셨는지,

이 옷이 왜 짐이 되었는지 이야기를 들려주시겠습니까?"

그들은 강 한가운데에 이르렀고, 바사데바는 물살을 가르기 위해 힘 있게 노를 저으며 강을 건넜다. 싯다르타는 그의 강한 팔과 평온한 눈빛을 보며, 오래전 자신이 느꼈던 이 뱃사공에 대한 따뜻한 애정을 떠올렸다. 그가 바사데바의 초대를 기쁘게 받아들이자, 강가에 닿은 뒤 바사데바는 그를 오두막으로 안내했다.

오두막 안에서 바사데바는 싯다르타에게 빵과 물을 내어주었고, 싯다르타는 감사히 그것을 먹었다. 바사데바가 건네준 망고를 한 입 먹은 싯다르타는 그 싱그러운 맛을 음미하며 미소 지었다.

그 후 그들은 강가의 나무 기둥에 기대어 앉았다. 해가 지고 있었고, 싯다르타는 바사데바에게 자신의 출신과 삶의 여정을 이야기하기 시작했다. 그날 절망의 순간에 본 것처럼, 마치 자신의 내면 깊숙한 곳까지 꺼내 보여주는 듯한 말투였다. 이야기는 밤이 깊어질 때까지 계속되었다.

바사데바는 깊은 관심을 가지고 귀를 기울였다. 싯다르타의 출신과 어린 시절, 그가 추구한 모든 배움과 기쁨, 그리고 그가 겪은 모든 고통을 묵묵히 받아들였다. 바사데바의 가장 큰 덕목은 바로 '듣는 것'이었다. 그는 말 한마디 없이, 이야기하는 이가 자신의 모든 말을 빠짐없이 들어주고 있음을, 칭찬이나 비난 없이 오롯이 경청하고 있음을 느끼게 하는 사람이었다. 싯다르타는 그런 청자에게 자신의 삶과 고통, 추구를 털어놓고 그의 마음에 그것들을 담아놓을 수 있는 것이 얼마나 큰 위안과 행복인지 깨달았다.

이야기가 끝나갈 무렵, 싯다르타가 강가에서 겪은 깊은 추락의 경험과 '옴'의 성스러운 깨달음, 그리고 잠에서 깨어나 강에 대해 느낀 사랑을 이야기할 때, 바사데바는 눈을 감고 더욱 온전히 집중하며 경청했다.

싯다르타가 말을 멈추고, 오랜 침묵이 흐른 후 바사데바가 입을 열었다.

"내 생각이 맞았군요. 강이 당신에게 말을 걸었어요. 이제 강이 당신과 친구가 된 거예요. 정말 좋은 일이오, 싯다르타, 내 친구여. 나와 함께 있어주시오. 나에겐 한때 아내가 있었지만, 오래전에 세상을 떠났고, 그 후로 혼자였소. 이제 당신과 함께 지내고 싶소. 우리 둘이 지내기에 공간도 충분하고, 음식도 넉넉하니…"

"감사합니다," 싯다르타가 고개를 숙이며 말했다.

"기꺼이 받아들이겠습니다. 그리고 바사데바, 내 이야기를 이렇게 들어줘서 정말 고맙습니다. 사람들 중에 정말로 귀 기울여주는 이는 드물죠. 하지만 당신처럼 잘 들어주는 사람은 처음입니다. 나도 당신에게서 배워보고 싶습니다."

"당신도 배울 수 있을 거요," 바사데바가 웃으며 말했다.

"하지만 내게서 배우는 게 아니오, 강이 가르쳐줄 겁니다. 강은 모든 것을 알고 있어요. 강에게서 배울점이 정말 많다오. 보시오, 당신도 이미 물에게서 배우지 않았소? 아래로 흘러가며 가라앉고 깊이를 찾는 것이 좋다는 걸 깨달았잖소. 고귀했던 싯다르타가 이제는 뱃사공이 되고, 학식 있는 브라만이 뱃사공의 길을 걷게 된 것도 강이 가르쳐준 거지요. 그리고 또 다른 것을 배우게 될 겁니다."

싯다르타는 잠시 생각하더니 그에게 물었다.

"다른 것이란 무엇입니까, 바사데바?"

바사데바는 자리에서 일어서며 말했다.

"이제 늦었군요. 우리 쉬러 갑시다. 그 다른 것은 내가 말로 설명할 수 없소, 친구여. 당신이 배우게 될 것이오, 아마 이미 알고 있을지도 모르지요. 나는 학자가 아니오, 말로 표현하는 법을 모르고, 단지 듣는 법과 경건하게 사는 법만을 알 뿐이오. 다른 건 배우지 못했소. 만약 내가 말할 수 있고 가르칠 수 있었다면, 아마 현자가 되었겠지. 하지만 나는 그저 뱃사공일 뿐이오. 내 일은 사람들을 이 강을 건너게 하는 것이지. 수천 명을 건너게 했소. 그들에게 강은 단지 하나의 장애물일 뿐이었지. 하지만 그들 중에서 몇몇, 네다섯 명 정도는 강의 소리를 들었소. 강의 이야기를 들은 그들에게도 강은 신성한 존재가 되었지요. 자, 이제 쉬러 갑시다, 싯다르타."

싯다르타는 뱃사공 바사데바와 함께 지내며 배를 다루는 법을 배웠다. 나룻배에 일이 없을 때는 바사데바와 논에서 일하거나, 나무를 모으고, 피상 나무의 열매를 따며 시간을 보냈다. 그는 노를 다듬는 법, 배를 수리하는 법, 바구니를 엮는 법을 배웠다. 싯다르타는 배움의 모든 과정에 만족했고, 시간은 빠르게 흘러갔다. 바사데바가 가르쳐준 것 이상으로 싯다르타는 강에서 많은 것을 배웠다. 무엇보다 그는 강이 가르쳐 주는 대로 조용히 기다리며, 욕망이나 판단 없이 열린 마음으로 듣는 법을 배웠다.

바사데바와의 생활은 고요하고 만족스러웠다. 가끔 그들은 몇 마디 대화를 나누곤 했고, 그 몇 마디는 깊은 의미를 담고 있었다. 바사데바는 말수가 적었고, 그가 말을 꺼내는 것은 쉽지 않았다.

어느 날 싯다르타가 그에게 물었다.

"그대도 강에서 배운 그 비밀을 알고 있습니까? 시간이 없다는 그 비밀 말입니다."

바사데바의 얼굴에 밝은 미소가 번졌다.

"알고 있소, 싯다르타," 바사데바가 말했다.

"당신이 말하는 것은 이거군요. 강은 어디에서나 동시에 존재한다는 것. 시작점에서도, 끝에서도, 폭포에서도, 나루터에서도, 급류와 바다, 산에서도 어디에서나 동시에 존재하며, 강에게는 과거도 미래도 없고, 오직 현재만이 있을 뿐이라는 것 말이오."

"그렇습니다," 싯다르타가 말했다.

"그것을 깨달았을 때 내 인생을 보았고, 내 삶 역시 강과 같다는 걸 알았습니다. 소년 싯다르타, 어른 싯다르타, 노인 싯다르타는 단지 그림자처럼 나뉘어 보일 뿐, 실제로는 하나의 존재였죠. 싯다르타의 이전 삶도, 그의 죽음과 브라만으로의 귀환도 과거나 미래가 아니었어요. 모든 것은 지금 이 순간에 있으며, 그 자체로 본질을 가지며 존재하고 있습니다."

싯다르타는 깊은 깨달음에 기뻐하며 말했다. 이 깨달음이 그에게 깊은 행복을 안겨주었다.

"아, 고통이란 모두 시간이 아니던가? 모든 고통과 두려움은 시간이 아니던가? 세상의 모든 무거움과 적대감이 결국 시간 때문이 아니던가? 만약 시간을 초월할 수 있다면, 시간을 생각하지 않을 수만 있다면, 모든 것이 사라지고 극복될 수 있지 않은가?"

싯다르타는 환희에 차서 말했고, 바사데바는 밝은 미소로 그를 바라보며 고개를 끄덕였다. 아무 말없이 고개를 끄덕이며 싯다르타의 어깨를 가볍게 쓰다듬고는 다시 자신의 일로 돌아갔다.

그리고 어느 날, 장마철에 강물이 불어나고 힘차게 흐르던 때, 싯다르타가 말했다.

　"이 강에는 많은 목소리가 있지요. 그렇지 않습니까, 친구여? 왕의 목소리도 있고, 전사의 목소리도 있고, 황소의 목소리, 밤새의 목소리, 산모의 목소리, 한숨 쉬는 이의 목소리, 그리고 그 외에도 천 가지 목소리가 섞여 있지 않습니까?"

　"그렇습니다," 바사데바가 고개를 끄덕였다.

　"모든 생명체의 목소리가 강물의 목소리에 담겨 있지요."

　"그리고 아십니까," 싯다르타가 계속해서 말했다.

　"그 모든 목소리가 동시에 들린다면, 강이 무슨 이야기를 하고 있는지 알 것 같습니까?"

　바사데바의 얼굴에 기쁨과 평온이 가득한 미소가 번졌다. 그는 싯다르타에게 다가와 그의 귀에 신성한 '옴'을 속삭였다. 바로 그것이 싯다르타가 듣고 있던 진리였다.

　시간이 흐를수록 싯다르타의 미소는 점점 바사데바의 미소와 닮아갔다. 거의 똑같이 빛났고, 거의 똑같이 깊은 행복으로 가득 차 있었으며, 수많은 잔주름 사이로 빛났고, 아이처럼 순수하면서도 노인처럼 지혜로웠다. 많은 여행자들은 두 뱃사공을 보고 그들을 형제라고 여겼다. 저녁이면 둘은 종종 강가의 나무 기둥에 앉아 침묵 속에서 강의 물소리를 들었다. 그 소리는 단순한 물소리가 아니라 그들에게는 삶의 목소리이자 존재의 속삭임, 그리고 영원한 변화의 흐름이었다. 때때로 그들은 함께 강의 소리를 들으며 같은 생각에 잠기곤 했다. 이틀 전 나누었던 대화나 한 여행자의 얼굴, 혹은 그들의 운명이나 어린 시절, 죽음에 대한 추억이 떠오르곤 했다. 같은 순간 강이 무언가를 들려주면, 그들은 서로를 바라보며 자신들이 같은 깨달음에 닿았음을 알았다. 같은 질문에 대한 같은 답을 얻은 그들은 함께 기쁨을 나누었다.

그 나루터와 두 뱃사공에게는 뭔가 특별한 것이 있었다. 몇몇 여행자들은 그것을 느꼈다. 가끔 어떤 여행자는 뱃사공의 얼굴을 본 후 자신도 모르게 인생 이야기를 풀어놓았고, 고통과 잘못을 고백하며 위로와 조언을 구했다. 또 어떤 이들은 그들과 함께 하룻밤 머물며 강의 소리를 들을 수 있게 해달라 요청하기도 했다. 때로는 호기심 많은 이들이 찾아오기도 했는데, 두 현자나 마법사, 성자가 그곳에 산다는 소문을 들은 사람들이었다. 그들은 많은 질문을 던졌지만, 원하는 답을 얻지 못했다. 그들이 마주한 것은 마법사나 현자가 아닌, 그저 나이 든 두 명의 친절한 남자들이었다. 그들은 말수가 적고 어쩐지 단순해 보였으며, 이를 본 호기심 많은 이들은 결국 웃음을 터뜨리며, 엉뚱한 소문을 퍼뜨린 사람들을 비웃으며 떠나곤 했다.

세월이 흘러갔고, 누구도 그 시간을 세지 않았다. 어느 날,

고타마의 제자들이 강을 건너기 위해 찾아왔다. 그들은 부처님이 병환이 깊어 곧 마지막 인간으로서의 죽음을 맞이하고 해탈에 이를 것이라는 소식을 전했다. 얼마 지나지 않아 또 다른 무리의 승려들이 찾아왔고, 많은 순례자들과 여행자들도 모두 고타마의 임박한 죽음에 대해 이야기했다. 마치 전쟁에 나가거나 왕의 대관식을 보기 위해 사람들이 모여들 듯, 모두가 그 위대한 부처님이 죽음을 맞이할 곳으로 몰려들었다. 세상의 한 시대가 끝나고, 위대한 깨달음의 존재가 영광 속으로 들어가리라 기대하며 무수히 많은 사람들이 그곳으로 발길을 옮겼다.

이때 싯다르타는 임종을 앞둔 그 위대한 현자, 수많은 이들에게 가르침을 전하고 수십만 명을 깨우쳤던 고타마를 자주 떠올렸다. 그는 고타마를 다정하게 회상했고, 젊었을 때 부처님께 드렸던 자신의 말을 미소 지으며 생각했다. 그때 그 말들이 지금 돌아보면 자부심에 차 있었고, 다소 조숙했던 말들이라고 느껴졌다. 이제 싯다르타는 자신을 더 이상 고타마와 분리된 존재로 여기지 않았다. 비록 그의 가르침을 온전히 받아들이지 않았지만, 진정한 구도자는 그 어떤 가르침도 완전히 수용할 수 없다는 사실을 깨달았다. 그러나 참된 깨달음을 얻은 사람은 모든 가르침을 존중할 수 있었고, 모든 길과 목표를 받아들일 수 있었다. 그리고 어떤 것도 영원의 삶을 살며 신성을 호흡하는 수천 명의 존재들과 그를 갈라놓을 수 없다는 것도 알게 되었다.

많은 이들이 부처님의 임종을 기리며 순례하던 날들 중 어느 날, 카말라도 그 길을 걷고 있었다. 한때 가장 아름다운 기생이었던 그녀는 이제 과거 삶에서 물러나 고타마의 제자들에게 정원을 내어주었으며, 그의 가르침을 따르고 있었다. 이제 그녀는 순례자들의 친구이자 후원자가 되어 있었고, 아들인 어린 싯다르타와 함께 부처님의 임종 소식을 듣고 길을 나섰다. 그녀는 소박한 옷을 입고 걸어서 순례를 이어가고 있었다. 그러나 어린 아들은 곧 지쳐서 돌아가고 싶다고 고집을 부리며, 쉬고 싶다고, 배고프다고 떼를 쓰며 투정을 부렸다.

카말라는 자주 멈춰야 했고, 아들이 원할 때마다 먹을 것을 주고, 달래기도 하고, 때로는 꾸짖어야 했다. 아들은 왜 어머니와 함께 이렇게 힘들고 슬픈 순례길에 나서야 하는지, 어디로 가는지, 왜 죽어가는 낯선 성인을 만나야 하는지 이해하지 못했다. 그 성인이 죽는다 한들, 그것이 어린 아들에게는 그저 알 수 없는 일이었다.

카말라와 어린 싯다르타가 바사데바의 나루터에 거의 다다랐을 때, 아들은 또다시 쉬자고 어머니에게 조르기 시작했다. 카말라도 지쳐서 아이가 바나나를 먹는 동안 땅에 앉아 잠시 눈을 감고 쉬고 있었다. 그런데 갑자기 그녀는 고통스러운 비

명을 질렀다. 아이는 깜짝 놀라 그녀를 바라보았고, 그 순간 그녀의 얼굴은 두려움으로 하얗게 질려 있었다. 그녀의 옷 아래에서 작은 검은 뱀이 기어 나왔다. 그것이 카말라를 물었던 것이었다.

두 사람은 급히 도움을 청할 사람을 찾아 길을 달렸고, 나룻터 근처까지 오자 카말라는 결국 기진하여 더는 나아가지 못했다. 아이는 어머니를 안고 큰 소리로 울며 어머니에게 입을 맞췄고, 카말라 또한 힘겹게 목소리를 높여 도움을 청했다. 그 소리는 마침 나룻터에 있던 바사데바의 귀에 들어갔다. 그는 곧장 달려와 카말라를 들어 올려 배에 태웠고, 아이도 함께 달려와 뒤따랐다. 모두 나룻터의 오두막에 도착하자 싯다르타는 불을 피우고 있었다. 그는 먼저 아이의 얼굴을 보고는 낯설지만 묘하게 익숙한 기운을 느끼며 아득한 기억의 파편들이 떠올랐다. 그리고 바사데바의 팔에 힘없이 기대어 있는 카말라를 보자, 그는 그녀를 즉시 알아보았다. 바로 그 순간, 그 아이가 자신의 아들임을 깨닫고, 그의 가슴 속에 벅찬 감정이 솟구쳤다.

카말라의 상처는 깨끗이 씻겨졌지만 이미 검게 변해 있었고, 몸은 부어오른 상태였다. 바사데바가 가져온 약이 그녀에게 주어졌다. 카말라는 천천히 의식을 되찾았고, 눈을 뜨자 마주한 얼굴은 한때 깊이 사랑했던 싯다르타였다. 그녀는 마치 꿈을 꾸는 듯 미소를 지으며 그의 얼굴을 바라보았다. 천천히 상황을 이해하며 물렸던 기억이 떠올랐고, 아들에 대한 걱정이 가슴속을 채웠다.

"아이는 여기 잘 있소, 걱정 마시오." 싯다르타가 다정하게 말했다.

카말라는 그를 지긋이 바라보며, 독으로 무거워진 혀로 힘겹게 말했다.

"당신도 늙었군요, 사랑하는 사람이여," 그녀가 가늘게 속삭였다.

"머리가 희어졌군요. 하지만 이제 당신은 오히려 내 정원에 먼지투성이 발로 나타났던 그 젊은 사마나와 더 닮아 있네요. 당신이 나와 카마스와미를 떠났던 그때보다 훨씬 더… 젊었던 그와 닮아 있네요. 당신 눈 속에서 그를 봐요, 싯다르타. 아, 나도 늙었어요. 그런데 나를 알아보았나요?"

싯다르타는 미소를 지으며 대답했다.

"물론이지, 카말라. 당신을 알아보았소, 나의 사랑."

카말라는 곁에 있는 아들을 가리키며 나지막이 말했다.

"그도 알아보았나요? 저 아이는 당신의 아들이에요."

그녀의 눈은 점점 희미해지더니 마침내 감겼다. 아이는 크게 울었고, 싯다르타는 그를 무릎에 앉혀 울게 두며 조용히 그의 머리를 쓰다듬었다. 어린아이의 얼굴을 바라보던 싯다르타는 문득 어린 시절 브라만의 기도를 떠올렸다. 그는 그 기도를 천천히, 마치 노래하듯 읊조리기 시작했다. 그 목소리에는 과거의 기억과 어린 시절의 한 조각이 실려 있었다. 싯다르타의 낮은 노래 소리에 따라 아이는 점차 진정되었고, 흐느끼던 소리도 잠잠해지더니 마침내 잠에 들었다. 싯다르타는 그를 바사데바의 침상에 조심스레 눕혔다. 바사데바는 부엌에서 쌀을 요리하고 있었고, 싯다르타가 그를 바라보자 바사데바는 따뜻한 미소로 화답했다.

"그녀는 죽을 거야." 싯다르타가 낮은 목소리로 말했다.

바사데바는 고개를 끄덕였고, 난로의 불빛이 그의 평온한 얼굴을 비추었다.

이윽고 카말라는 잠시 의식을 되찾았다. 고통이 그녀의 얼굴을 일그러뜨렸고, 싯다르타는 창백한 그녀의 얼굴과 떨리는 입술에서 그 고통을 읽어냈다. 말없이 그녀의 고통에 잠긴 듯 그녀의 눈을 바라보던 싯다르타의 시선을 카말라는 느꼈고, 힘겹게 그를 바라보며 말했다.

"이제 알겠어요. 당신의 눈이 달라졌어요. 하지만 이상하게도 여전히 당신이 싯다르타라는 걸 알 수 있어요. 당신은 싯다르타지만, 또 다른 사람 같아요."

싯다르타는 말없이 고요한 눈으로 그녀를 바라보았다.

"당신은 이룬 건가요?" 그녀가 속삭이듯 물었다.

"평화를 찾았나요?"

그는 미소 지으며 그녀의 손 위에 자신의 손을 얹었다.

"난 알겠어요," 그녀가 조용히 말했다.

"나도 곧 평화를 찾을 거예요."

"당신도 이미 찾았소," 싯다르타가 부드럽게 속삭였다.

카말라는 그의 눈을 똑바로 응시했다. 그녀는 부처님을 만나 완성된 자의 평화를 느끼고 싶어 했던 자신을 떠올렸다. 그러나 지금은 싯다르타와 함께 있어 충분했고, 그 순간은 부처님을 만나는 것만큼이나 고요했다. 그녀는 이 마음을 전하고 싶었지만, 혀는 더 이상 말을 따르지 않았다. 그녀는 그저 조용히 싯다르타를 바라보았고, 그도 그녀의 눈 속에서 생명이 점차 사라져 가는 모습을 지켜보았다. 마지막 고통이 그녀의 눈을 가득 채웠고, 마지막 떨림이 그녀의 몸을 스치고 지나가자, 싯다르타는 그녀의 눈을 조심스레 감겨주었다.

그는 오랫동안 앉아 그녀의 평온한 얼굴을 바라보았다. 오래도록 그녀의 입술을 응시했다. 젊고 생기 있던 그 입술이 이제는 세월의 흔적을 남기고, 가늘어지고 지친 모습이 된 것을 보며, 한때 신선한 무화과에 비유했던 그 기억이 떠올랐다. 싯다르타는 오랜 시간 그녀의 창백한 얼굴과 고된 삶이 남긴 주름을 찬찬히 들여다보았고, 그 모습 속에서 삶의 흔적을 충분히 느끼며, 그리움을 담아 바라보았다. 그러다 문득 자신의 얼굴이 저렇게 누워 있는 모습을 상상했다. 세월에 지친 얼굴과 젊고 붉었던 입술, 활기 넘치던 눈빛을 동시에 가진 모습으로. 그는 그 순간, 모든 순간이 하나로 연결되어 있으며 모든 생명이 사라지지 않고 영원히 존재한다는 깊은 감각에 사로잡혔다.

그가 자리에서 일어섰을 때, 바사데바가 미리 준비해 둔 밥이 있었다. 그러나 싯다르타는 식사를 하지 않았다. 두 노인은 염소들이 있는 우리에 들어가 짚을 깔아 잠자리를 마련했다. 바사데바는 잠에 들었지만, 싯다르타는 밖으로 나와 오두막 앞에 앉아 밤새도록 강의 소리를 들었다. 그는 그 소리 속에서 과거의 기억에 잠기고, 그의 삶의 모든 순간이 함께 살아 숨 쉬는 듯한 시간을 느꼈다. 때로는 자리에서 일어나 오두막 문으로 가서 아들이 편히 잠들었는지 확인하기도 했다.

이른 아침, 해가 떠오르기 전 바사데바가 우리에서 나와 싯다르타에게 다가왔다.

"자네는 밤새 잠을 자지 않았군." 그가 말했다.

"그래, 바사데바. 나는 여기 앉아 강의 소리를 듣고 있었어. 강이 나에게 많은 이야기를 들려주었고, 나를 하나됨의 치유적인 생각으로 깊이 채워주었어."

"큰 고통을 겪었지만, 싯다르타, 자네의 마음에는 슬픔이 없는 것처럼 보이네."

"맞아, 친구여. 어찌 내가 슬퍼할 수 있겠나? 나는 이미 충분히 행복했지만, 이제는 더욱 풍요롭고 행복해졌어. 내 아들이 나와 함께하게 되었으니까."

"자네 아들도 이곳에서 따뜻이 맞이할걸세. 자, 싯다르타, 이제 일을 시작하지. 해야 할 일이 많아. 카말라는 내 아내가 눈을 감았던 그 침상에서 떠났으니, 그녀의 장작더미도 내 아내의 장작더미를 쌓았던 그 언덕 위에 마련해야겠지."

아이가 아직 깊이 잠든 동안, 두 사람은 함께 장작더미를 쌓기 시작했다.

10장

아들

...

지식보다 더 강한 것은 아들에 대한 그의 사랑이었다.
그 사랑은 그의 마음을 강하게 사로잡았고,
아들을 잃을지 모른다는 두려움이 더 깊게 그를 휘감았다.

아들

소년은 두려움에 떨며 울면서 어머니의 장례식에 참석했다. 싯다르타가 자신을 아들이라 부르며 맞아주었고, 바사데바의 오두막에서 환영받았지만 소년은 여전히 우울한 얼굴로 마음을 닫고 있었다. 그는 며칠 동안 창백한 얼굴로 무덤 옆에 앉아 식사도 거부하고 눈을 감은 채 마음을 닫았다. 소년은 운명에 저항하듯 완강히 버텼다.

싯다르타는 그의 슬픔을 존중하며 조용히 배려해 주었다. 싯다르타는 아들이 자신을 아버지로서 사랑하지 않을 수도 있다는 것을 이해했고, 그 아이가 자신을 모른다는 것을 깨달았다. 그러면서 차츰 아들이 열한 살짜리 응석받이 어린아이이며, 어머니에게 크게 의존하며 자랐다는 것도 알게 되었다.

아들은 풍족한 환경 속에서 더 좋은 음식, 부드러운 침대, 하인에게 명령하는 데 익숙해 있었다. 싯다르타는 슬픔에 잠긴 아들이 갑작스럽게 새로운 환경과 궁핍함을 받아들이기는 쉽지 않으리라는 것을 알았다. 그래서 그는 아들에게 어떤 것도 강요하지 않았고, 그저 그가 필요로 할 때 도움을 주며, 가능하면 좋은 음식을 챙겨주려 애썼다. 싯다르타는 느긋하고 친절한 인내로 그의 마음을 천천히 열어가길 바랐다.

싯다르타는 아들이 자신에게 왔을 때 부유하고 행복하게 지내고 있다고 말했었다. 그러나 시간이 지나도 아들은 여전히 그에게 차갑고 무뚝뚝한 태도로 고집스럽고 반항적인 기색을 보였다. 일을 돕지 않으려 하고, 나이 든 이들에게 예의를 표하지 않았으며, 바사데바의 과일을 몰래 따먹기도 했다. 싯다르타는 비로소 깨달았다. 아들과 함께 온 것은 행복과 평화가 아니라 고통과 걱정이라는 것을. 하지만 그는 여전히 아들을 사랑했고, 아들이 없는 기쁨보다는 아들과 함께하는 고통과 걱정을 감수할 마음이 있었다.

어린 싯다르타가 오두막에 머물게 되면서 두 노인은 일을 나누어 맡았다. 바사데바는 다시 홀로 뱃사공 일을 도맡았고, 싯다르타는 아들과 함께 오두막과 들판에서 시간을 보냈다.

오랜 시간이 흐르고 여러 달이 지나도 싯다르타는 아들이 자신을 이해해주고, 자신의 사랑을 받아들이며, 언젠가는 그

사랑을 돌려줄 날을 기다렸다. 바사데바 역시 긴 시간 동안 지켜보며 아무 말없이 있었다. 어느 날, 아들이 또다시 고집스럽고 변덕스럽게 싯다르타를 괴롭히다 쌀 그릇 두 개를 깨뜨렸을 때, 바사데바는 저녁에 싯다르타를 따로 불러 이야기를 나누었다.

"미안하네," 그가 말을 꺼냈다.

"이런 말을 하게 되어 안타깝네만, 자네가 괴로워하는 걸 보고 있어서 그렇네. 아들 때문에 마음고생하는 자네가 안쓰럽고, 나 역시 그 아이가 걱정이 되네. 그 아이는 자네와 달라. 그는 다른 삶과 다른 둥지에 익숙한 아이일세. 자네처럼 부유함과 도시 생활을 떠나기로 결심한 게 아니야. 그 아이는 자기 의지와는 상관없이 모든 걸 뒤로 하고 여기에 왔네. 나는 강에게 물었지, 여러 번 말일세. 하지만 강은 나를 비웃더군. 자네와 나를, 그리고 우리의 어리석음을 비웃는 듯했네. 물은 물로 가고, 젊은이는 젊은이에게로 가는 법이니… 자네 아들이 여기서 번성할 수는 없네. 자네도 강에게 물어보게, 그 답을 들어보게."

싯다르타는 걱정스러운 눈빛으로 바사데바의 얼굴을 바라보았다. 그 주름진 얼굴에는 여전히 평온함이 담겨 있었다.

"내가 그 아이를 떠나보낼 수 있을까?" 싯다르타는 부끄럽게 말했다.

"조금만 더 시간을 주게, 친구여. 난 그 아이를 위해 애쓰고 있네. 사랑과 인내로 그의 마음을 얻으려 하고 있어. 언젠가는 강도 그에게 말을 걸어줄 거야. 그 아이 역시 강의 부름을 받았으니까."

바사데바는 따스한 미소를 지었다.

"그렇지, 그 아이 역시 부름을 받았네. 영원한 삶으로의 부름 말일세. 하지만 우리가 어떻게 그가 어디로, 어떤 길로, 어떤 고난을 겪으며 부름을 받을지 알 수 있겠나? 그의 길은 결코 평탄하지 않을 걸세. 그의 마음은 자만심에 가득 차 있고, 그는 많은 고통을 겪고, 많은 잘못을 저지르며, 죄를 짊어지게 될 걸세. 자네에게 묻고 싶네, 친구여. 자네는 그 아이를 훈육하지 않고 있지? 강요하지 않고, 벌을 주지도 않지 않나?"

"그래, 바사데바. 나는 그런 것은 하지 않네."

"알고 있네. 자네가 그 아이를 강제로 억누르거나 때리지 않고, 명령하지 않는 이유는 부드러움이 강함보다, 물이 바위보다, 사랑이 폭력보다 더 강하다는 걸 알고 있기 때문이지. 자네는 잘하고 있어, 칭찬할 만하네. 하지만 혹시 착각하고 있는 건 아닌가? 자네가 그를 억누르지 않고 벌하지 않는다고 생각하지만, 실은 사랑으로 그를 묶어두고 있지 않나? 매일 자네의 선량함과 인내심으로 그 아이에게 무거운 짐을 지우고 있는 건 아닌가? 자네는 그 자만하고 버릇없는 아이를,

두 늙은 남자와 함께 생각도 다르고 마음도 다른 사람들 속에서 살게 하고 있지 않나? 자네의 고요하고 성숙한 마음이 그 아이를 더 억누르고 벌하고 있는 게 아닌가?"

싯다르타는 깜짝 놀라 고개를 숙였다. 그리고 그에게 조용히 물었다.

"그럼, 내가 어떻게 해야 한다고 생각하는가?"

"그를 도시로 데려가게. 그의 어머니가 살던 집으로 보내고, 그곳에 하인이 남아 있다면 그들에게 맡기게. 만약 아무도 없다면, 선생에게 보내게. 교리를 배우기 위해서가 아니라, 다른 아이들과 어울리고 소녀들과 어울리며 그 세계에서 살 수 있도록 말일세. 그런 생각을 해본 적은 없나?"

"역시 자네는 내 마음을 꿰뚫고 있군," 싯다르타가 슬프게 말했다.

"나도 자주 그런 생각을 해봤네. 하지만 그 아이를 그곳에 두는 게 맞을까? 방탕해지진 않을까? 쾌락과 권력에 빠져서, 내가 저질렀던 실수를 똑같이 되풀이하지 않을까? 혹시 완전히 삼사라에 빠져버리진 않을까?"

바사데바는 밝게 웃으며 싯다르타의 팔을 부드럽게 쓰다듬으며 말했다.

"강에게 물어보게, 친구여! 강이 자네 위에서 미소 짓고 있지 않나? 정말로 자네가 저지른 실수들이 그 아이에게 고통을 피할 길을 열어줄 거라고 생각하나? 자네가 정말로 그 아이를 삼사라에서 지켜낼 수 있다고 믿고 있나? 어떻게? 교리로? 기도로? 훈계로? 친구여, 자네가 전에 나에게 들려준 브라만의 아들 싯다르타 이야기를 잊었는가? 누가 사마나 싯다르타를 삼사라와 죄, 탐욕과 어리석음으로부터 지켜줬나? 아버지의 경건함이었나? 스승들의 훈계였나? 그 자신의 지혜였나? 그 어떤 아버지나 스승도 그가 직접 삶을 살며 죄와 고통을 짊어지고 자신의 길을 찾아야 한다는 것을 막을 수 없었네. 자네는 정말로 이 길이 누구에게도 피할 수 없는 길이라고 생각하지 않는가? 자네의 어린 아들이 그 길을 피해갈 수 있을 거라 생각하는가? 자네가 그를 사랑하고, 그에게 고통과 슬픔, 실망을 주고 싶지 않다는 이유로? 그러나 자네가 열 번 그를 위해 죽는다 해도 그의 운명 속 작은 부분조차 대신할 수는 없을 걸세."

바사데바는 그동안 이렇게 많은 말을 한 적이 없었다. 싯다르타는 그에게 감사의 마음을 전하며, 걱정스러운 마음으로 오두막으로 들어가 오랫동안 잠들지 못했다. 바사데바의 말은 사실 그가 이미 알고 있던 것이었다. 그러나 그 지식보다 더 강한 것은 아들에 대한 그의 사랑이었다. 그 사랑은 그의 마음을 강하게 사로잡았고, 아들을 잃을지 모른다는 두려움이 더 깊게 그를 휘감았다. 그는 그 어느 때보다도 강하게 끌

렸고, 그렇게 맹목적이고 고통스럽지만 동시에 행복했던 순
간은 없었다.

싯다르타는 친구의 충고를 따를 수 없었다. 그는 아들을 보
내지 못했다. 그는 아들의 명령을 받으며, 아들에게 무시당하
기도 했다. 하지만 그는 조용히 기다렸고, 매일 선량함과 인
내심으로 묵묵히 싸워 나갔다. 바사데바 역시 말없이 지켜보
며 기다렸다. 그는 친절했고, 모든 것을 알고 있었으며, 관대
했다. 인내에서는 두 사람 모두가 대가였다.

어느 날, 싯다르타는 소년의 얼굴에서 카말라를 떠올렸다.
그 순간, 젊은 시절 카말라가 그에게 했던 말이 불현듯 떠올
랐다.

"당신은 사랑할 수 없어요."

그녀는 그렇게 말했고, 그는 그녀의 말이 맞다고 인정하며,
자신을 별에 비유하고, 사람들을 낙엽에 비유했었다. 그럼에
도 그는 그 말에서 비난의 뉘앙스를 느꼈다. 그는 그동안 어
느 누구에게도 온 마음을 바쳐 사랑하거나 사랑 때문에 어리
석은 행동을 한 적이 없었다. 그럴 수 없었고, 그것이 자신을
다른 사람들과 다르게 만든다고 생각해왔다. 하지만 아들이
생긴 뒤로 그는 달라졌다. 이제 그 역시 어린아이 같은 사람
이 되었다. 누군가를 위해 고통받고, 사랑하고, 사랑에 빠져,
사랑으로 인해 어리석은 사람이 되었다. 이제 그는 비로소 그

강렬하고 신비로운 감정을 느끼게 되었고, 그 감정이 그를 괴롭게 했지만 동시에 축복해주었고, 새로운 모습으로 바꾸었으며, 그로 인해 더 풍요로워졌다.

그는 아들에 대한 이 맹목적인 사랑이 일종의 열정, 매우 인간적인 감정이라는 것을, 그것이 바로 삼사라이며, 흐린 샘과 어두운 물과도 같다는 것을 느꼈다. 그럼에도 그는 이 사랑이 무가치한 것이 아니라 필연적이며, 자신의 본성에서 비롯된 것임을 깨달았다. 이 기쁨과 고통을 경험해야 하며, 이러한 어리석음도 겪어야 한다는 것을 알았다.

그러나 아들은 그의 어리석음을 내버려 두었고, 그가 매일 자신의 변덕에 굴복하게 했다. 아버지는 그에게 매혹적이지도, 두렵지도 않은 존재였다. 그저 좋은 사람, 선량하고 온화한 사람일 뿐이었다. 어쩌면 매우 경건한 사람, 아니면 성인이었을지도 모르지만, 이런 것들은 소년에게는 전혀 매력적이지 않았다. 아버지는 지루한 사람이었다. 이 초라한 오두막에 자신을 가둬둔 아버지는 너무나 지루했다. 그가 모든 무례함을 미소로, 모든 모욕을 친절로, 모든 악의를 선량함으로 받아들이는 것, 그것이 이 늙은 교활한 자의 가장 혐오스러운 술책이라고 느꼈다. 차라리 소년은 아버지에게 위협받거나 학대를 당하는 편이 나았을 것이다.

어느 날, 어린 싯다르타는 참을 수 없게 되었고, 자신의 분

노를 아버지에게 터뜨렸다. 아버지가 나뭇가지를 모아오라고 하자, 그는 오두막을 나가지 않고 고집스럽고 화가 난 채서 있었다. 그는 발을 구르고 주먹을 불끈 쥐며 아버지에게 온갖 증오와 경멸을 쏟아냈다.

"당신이 직접 가서 나뭇가지나 모으지 그래요?" 소년은 거칠게 외쳤다.

"난 당신 하인이 아니에요! 당신이 나를 때릴 수 없다는 걸 알고 있어요. 당신은 절대 그럴 용기가 없잖아요. 당신은 그저 당신의 경건함과 너그러움으로 나를 벌주고 깎아내리려할 뿐이죠. 내가 당신처럼 경건하고 온화하고 지혜로워지길 바라나요? 하지만 들어요, 난 차라리 당신이 원하는 그런 사람이 되기보단 도둑이나 살인자가 되어 지옥에 떨어지는 게 나아요! 난 당신을 증오해요, 당신은 내 아버지가 아니에요! 당신이 열 번이나 내 어머니의 연인이었더라도 말이에요!"

분노와 고통에 휩싸인 소년은 아버지를 향해 거친 말과 악담을 퍼부었다. 그리고는 밖으로 뛰쳐나가 저녁 늦게서야 돌아왔다.

다음 날 아침, 소년은 사라지고 없었다. 함께 사라진 것은 이색적인 나무껍질로 엮은 작은 바구니로, 그 안에는 뱃사공들이 나룻배 요금으로 받은 구리와 은화가 들어 있었다. 나룻배 또한 보이지 않았고, 강 건너편에 떠 있는 것이 보였다. 소년은 도망친 것이었다.

"그 아이를 찾아야겠어."

싯다르타는 전날 아들의 거친 말에 괴로워하며 말했다.

"아이 혼자서 숲을 지날 순 없을 거야. 그렇게 두면 위험할 거야. 우리 뗏목을 만들어야 해, 바사데바, 강을 건너야 해."

"그래, 뗏목을 만들자고,"바사데바가 말했다.

"우리 배를 되찾아야 하니까. 그 아이가 훔쳐간 그 배 말이야. 하지만, 친구여, 그 애는 내버려 두게. 이제 그는 더 이상 어린아이가 아니야. 스스로를 돌볼 줄 아는 법이야. 그는 도시로 가고 싶어 하는 거고, 그 선택이 옳은 거라네. 자네는 그가 자네가 하지 못했던 일을 하고 있다는 걸 잊지 말게. 그는 스스로를 책임지고, 자신의 길을 가고 있는 거야. 아, 싯다르타, 자네가 괴로워하는 걸 보고 있네. 하지만 그 고통이 얼마나 허망한 것인지 곧 알게 될 거야."

싯다르타는 대답하지 않고 이미 도끼를 손에 들고 있었다. 그는 대나무로 뗏목을 만들기 시작했고, 바사데바도 대나무 줄기를 엮는 것을 도왔다. 그들은 강을 건넜고, 물살에 밀려 강 건너편까지 떠내려간 뒤 뗏목을 끌어올렸다.

"왜 도끼를 챙겨 왔지?" 싯다르타가 물었다.

"노가 없을 수도 있으니까 말이네." 바사데바가 말했다.

싯다르타는 바사데바가 무슨 생각을 하는지 알 수 있었다.

바사데바는 소년이 뒤쫓아오는 것을 막으려고 일부러 노를 버리거나 부러뜨렸을 거라고 생각하고 있었다. 실제로, 배에는 노가 없었다. 바사데바는 배 바닥을 가리키며 미소를 지었다. 마치 이렇게 말하는 것 같았다.

"자네 아들이 자네에게 무슨 말을 하고 있는지 보이지 않나? 그는 쫓기고 싶지 않다는 걸 말하고 있지 않나?"

하지만 바사데바는 이런 말을 직접 입에 담진 않았다. 대신 새 노를 만들기 시작했고, 싯다르타는 도망친 아들을 찾아 떠났다. 바사데바는 그를 막지 않았다.

싯다르타는 숲 속을 오랜 시간 헤매었다. 그러던 중 그는 이 수색이 의미 없다는 생각이 들었다.

"아마도 아들은 이미 나보다 훨씬 앞서 도시로 향했겠지. 만약 아직도 길에 있다면, 나를 피해 숨어 있을 거야."

그는 생각했다. 그러다 문득, 그는 자신이 사실 아들을 걱정하고 있지 않다는 것을 깨달았다. 마음 깊은 곳에서는 아들이 무사할 것이라는 확신이 있었다. 그럼에도 그는 발걸음을 멈추지 않고 계속 달렸다. 이제는 아들을 구하기 위해서가 아니라, 그를 단 한 번이라도 더 보고 싶다는 마음에서였다. 그렇게 그는 도시를 향해 계속 달려갔다.

그가 도시 근처의 넓은 길에 도착했을 때, 걸음을 멈추었다. 그는 처음 카말라를 만났던, 카말라가 소유했던 아름다운

정원의 입구에 서 있었다. 그때의 기억이 그의 마음속에서 생생히 되살아났다. 그는 다시 젊은 시절의 자신을 보았다. 먼지투성이 머리에 털이 덥수룩한 사마나의 모습으로 그곳에 서 있는 자신의 모습이 떠올랐다. 싯다르타는 한참 동안 열려 있는 정문을 통해 정원을 바라보았다. 아름다운 나무들 사이로 노란 승복을 입은 승려들이 걷고 있었다.

오랫동안 그는 그 자리에 서서 생각에 잠겼다. 자신의 인생 이야기에 귀를 기울이며 여러 장면들이 눈앞에 떠올랐다. 한참 동안 승려들을 바라보던 그는, 그곳에 있던 젊은 시절의 자신을 보았다. 젊은 싯다르타와 카말라가 높은 나무들 사이를 걸어가고 있었다. 그는 카말라에게 대접받았던 장면을 생생히 떠올렸다. 그녀에게 첫 키스를 받았던 순간, 브라만이었던 과거를 자랑스럽고도 경멸스럽게 되돌아보며 세상으로 나아가려던 모습이 떠올랐다. 그는 카마스와미를 보았고, 하인들, 연회, 주사위를 굴리던 사람들과 음악가들의 모습이 눈앞에 펼쳐졌다. 카말라의 새장을 보았고, 이 모든 기억을 다시금 되살아내었다. 삼사라의 공기를 다시 호흡하며, 다시 늙고 피곤해졌고, 다시 혐오를 느끼며 자신을 지우고자 했던 소망이 되살아났다. 그리고 마침내 그는 성스러운 '옴' 속에서 다시 치유되었다.

오랫동안 정문 앞에 서 있던 싯다르타는 자신을 이곳까지 이끈 욕망이 얼마나 어리석었는지 깨달았다. 그는 아들에게 어떤 도움도 줄 수 없고, 아들에게 집착해서는 안 된다는 것을 알았다. 도망친 아들에 대한 사랑은 마음 깊이 느껴졌고, 그 사랑은 상처처럼 아팠지만, 그 상처는 파헤칠 것이 아니라 꽃처럼 피어나 빛나야 할 것임을 깨달았다.

그러나 그 상처는 아직 꽃을 피우지 않았고, 빛나지도 않았다. 그것이 그를 슬프게 했다. 이제 그를 이곳까지 이끈 목적지는 공허함으로 바뀌어 있었다. 슬픔에 잠긴 그는 길가에 앉았다. 그의 마음속에서 무언가가 죽어가고 있었고, 텅 빈 공허함이 느껴졌다. 기쁨도, 목표도 보이지 않았다. 그는 깊은 침울 속에 잠겨 앉아서 기다렸다. 이것이 그가 강에서 배운 것이었다. 기다림, 인내, 그리고 듣는 법. 그는 앉아 지친 마음의 소리에 귀 기울이며, 무언가 들려오기를 기다렸다. 오랜 시간 그곳에 웅크리고 앉아 있었지만, 더 이상 어떤 장면도 떠오르지 않았다. 그는 공허 속으로 빠져들었다. 길이 보이지 않았지만, 그는 스스로를 그 공허 속에 맡겼다. 상처가 타오르는 것을 느낄 때마다 그는 소리 없이 '옴'을 외우며 그 소리로 마음을 채웠다.

정원 안의 승려들이 그를 보았다. 시간이 흘러 그의 머리 위에 먼지가 쌓일 무렵, 한 승려가 다가와 그 앞에 피상 열매 두 개를 놓았다. 싯다르타는 그를 바라보지 않았다.

그를 깨운 것은 어깨를 스치는 부드러운 손길이었다. 그는 곧바로 이 조심스럽고 수줍은 듯한 손길을 알아차리고 정신을 차렸다. 그는 일어나 자신을 따라온 바사데바를 맞이했다. 바사데바의 친절한 얼굴은 미소로 가득했고, 눈은 밝게 빛나고 있었다. 그 모습을 보자, 싯다르타도 미소를 지었다. 그는 피상 열매가 앞에 놓여 있는 것을 보고, 하나는 바사데바에게 건네고 나머지 하나는 자신이 먹었다. 그리고 둘은 아무 말없이 숲을 지나 나룻배가 있는 곳으로 돌아갔다. 그날 있었던 일, 소년의 이름이나 그의 도망에 대해서는 어떤 말도 하지 않았다.

오두막에 돌아온 싯다르타는 자신의 잠자리에 누웠고, 얼마 후 바사데바가 코코넛 우유 한 그릇을 가져왔을 때 그는 이미 깊이 잠들어 있었다.

11장

옴

⋮

그는 자신의 영혼을 어떤 목소리에도 묶지 않고,
모든 소리를 함께 들었다. 전체를, 그 통일성을 들었다.
그러자 수천 개의 목소리가 하나의 단어로 수렴되는 듯했다.
그 단어는 '옴'이었다. 그것은 완성이었다.

옴

오랫동안 그 상처는 아물지 않았다. 싯다르타는 수많은 여행자들을 강 건너편으로 데려다주었고, 그들 중에는 아들이나 딸과 함께 온 이들도 많았다. 싯다르타는 그들을 보며 부러움을 느끼지 않을 수 없었다. 그는 속으로 생각했다.

'이렇게 많은 사람들이, 수천 명이 이 가장 사랑스러운 행복을 누리고 있구나. 왜 나만 이런 행복을 가질 수 없는 걸까? 심지어 나쁜 사람들, 도둑들과 강도들조차도 자식을 사랑하고, 자식에게 사랑을 받는데, 왜 나만 안 되는 걸까?'

그는 점점 더 단순하고, 어리석게 생각하기 시작했다. 이제 그는 자신이 '아이 같은 사람들'과 더 비슷해졌음을 느꼈다.

이제 그는 사람들을 예전과 다르게 보았다. 예전보다 덜 지

혜롭고, 덜 오만했지만, 대신 더 따뜻하고, 호기심이 많아졌
으며, 그들의 삶에 더 가까이 다가갔다. 평범한 여행자들, 아
이 같은 사람들, 상인들, 전사들, 그리고 여자들을 강 건너로
데려다 줄 때, 그들은 더 이상 그에게 낯선 존재가 아니었다.
그는 그들을 이해했다. 그들이 생각이나 통찰이 아니라 단순
히 욕망과 욕구에 의해 움직이는 삶을 이해했고, 그들과 비슷
하게 느끼기 시작했다. 비록 그는 깨달음에 가까웠고, 여전히
남은 상처가 있었지만 이제 아이 같은 사람들을 형제처럼 느
꼈다. 그들의 허영심, 욕망, 그리고 어리석음이 더 이상 그에
게 우스꽝스럽지 않았다. 오히려 그것들이 사랑스럽고, 존경
할 만한 것으로 느껴졌다.

어머니가 자식을 향한 맹목적인 사랑, 아버지가 하나뿐인
아들을 자랑스러워하며 느끼는 어리석고 맹목적인 자부심,
젊은 여자가 장신구를 갈망하며 남성들의 관심을 받으려는
강렬한 욕구, 이러한 모든 본능과 욕망들, 단순하고 어리석어
보이지만 강력하고 생생한 그 욕망들이 이제는 그저 아이 같
은 것이 아니었다. 그는 사람들이 그러한 욕망을 위해 살아가
고, 엄청난 성취를 이루며, 전쟁을 치르고, 고통을 견뎌내는
모습을 보았다. 그리고 그들을 사랑할 수 있었다. 그들의 열
정과 행동 속에서 그는 삶을, 살아 있는 것을, 파괴될 수 없는
것을 보았다. 사람들은 그들의 맹목적인 충성심과 끈기 덕분

에 사랑스럽고 존경할 만했다. 그들에게는 부족한 것이 없었다. 그와 차이가 있다면 단 한 가지, 모든 삶의 통일성을 자각하는 의식, 그뿐이었다.

그리고 싯다르타는 가끔 자신에게 물었다.

'과연 이 지식, 이 깨달음이 정말로 중요한 것일까? 어쩌면 이것도 아이 같은 사람들의 또 다른 어리석음일지 모른다.'

그는 그런 생각을 하며, 이 세상 사람들도 현자와 다름없다는 느낌을 받았다. 때로는 그들이 오히려 더 뛰어나 보였다. 마치 동물들이 필요에 따라 강인하게 행동할 때 인간을 능가하는 것처럼.

천천히 싯다르타 안에서 깨달음이 피어오르기 시작했다. 진정한 지혜가 무엇인지, 그의 오랜 탐구의 목표가 무엇이었는지 조금씩 이해되기 시작했다. 그것은 바로 마음의 준비 상태였고, 매 순간, 삶의 한가운데에서 합일을 느끼고 생각하며, 그것을 호흡할 수 있는 능력이었다. 그 깨달음은 점차 그에게 다가왔고, 바사데바의 순수한 얼굴에서도 그 빛이 반짝였다. 그것은 조화였고, 세상의 영원한 완전함에 대한 이해였으며, 미소와 통일성 그 자체였다.

그러나 상처는 여전히 타오르고 있었다. 싯다르타는 간절히 아들을 생각하며, 마음속 깊이 그의 사랑과 애정을 간직했다. 그는 그 고통이 자신을 삼키도록 내버려 두었고, 사랑으로 인한 모든 어리석음을 경험하고 있었다. 그 불꽃은 쉽게 꺼지지 않았다.

어느 날, 상처가 더 깊게 타오르던 순간, 싯다르타는 강을 건너 아들을 찾아 도시로 가야겠다는 강한 충동에 사로잡혔다. 강은 잔잔하고 조용히 흘러가고 있었다. 건기였지만, 강의 목소리는 이상하게 들렸다. 강이 웃고 있었다! 강은 맑고 분명하게, 늙은 뱃사공을 향해 웃고 있는 듯했다. 싯다르타는 걸음을 멈추고 물 위로 몸을 기울여 소리를 더 잘 듣기 위해 귀를 기울였다. 그러자 잔잔히 흐르는 물에서 그는 자신의 얼굴을 보았다. 그 얼굴에는 그가 잊고 있던 무언가를 일깨워주는 무엇인가가 있었다.

곰곰이 생각해 보니, 그 얼굴은 그가 한때 알고 사랑했고 두려워했던 또 다른 얼굴을 닮아 있었다. 그것은 그의 아버지, 브라만의 얼굴이었다. 젊었을 때, 어떻게 아버지를 설득해 자신을 고행자들에게 보내달라고 부탁했는지, 아버지와 작별 인사를 했던 순간과 다시는 돌아오지 않았던 그 일을 떠올렸다. 그의 아버지도 지금 자신이 느끼는 것과 같은 고통을 겪었던 것이 아닐까? 아버지는 이미 오래전에 세상을 떠났지만, 다시는 아들을 보지 못한 채 눈을 감았던 것은 아닐까? 자신도 같은 운명을 맞이하게 될 운명이 아닐까? 이 모든 것이 돌고 돌며 반복되는 어리석고도 기묘한 운명이 아닐까?

강이 웃고 있었다. 그렇다, 바로 그랬다. 끝까지 남아 해결되지 않은 고통은 다시 돌아와 반복되는 것이었다. 하지만 싯다르타는 다시 배에 올라타 오두막으로 돌아갔다. 그는 아버지와 아들을 떠올리며 강이 자신을 비웃는 듯한 기분에 혼란스러웠다. 절망감에 휩싸이면서도 동시에 자신과 세상을 향해 크게 웃고 싶은 마음이 들었다. 아, 그의 상처는 아직 피어오르지 않았고, 그의 마음은 여전히 운명에 저항하고 있었다. 그 고통 속에서 아직도 밝음과 승리의 빛은 보이지 않았다. 하지만 희망이 생겨났고, 오두막으로 돌아왔을 때 그는 바사데바에게 모든 것을 털어놓고 싶은 강한 충동을 느꼈다. 경청의 대가인 그에게 모든 것을 말하고 싶었다.

바사데바는 오두막에 앉아 바구니를 엮고 있었다. 그는 이제 나룻배 일을 하지 않았고, 그의 눈과 팔, 손이 약해져 있었다. 그러나 그의 얼굴에는 여전히 기쁨과 밝은 자비가 깃들어 있었다.

싯다르타는 그의 옆에 앉아 천천히 이야기를 시작했다. 그동안 한 번도 꺼내지 않았던 이야기를 이제는 모두 털어놓았다. 도시에 갔던 일, 상처가 타오르는 듯한 고통, 행복한 아버지들을 보며 느낀 질투, 어리석은 욕망을 자각한 순간들, 헛되이 애썼던 일들까지 전부 이야기했다. 그는 모든 것을 솔직히 말할 수 있었다. 가장 고통스러운 것까지도 이야기하며 상처를 드러냈고, 아들이 도망친 일과 자신의 도망치고 싶은 충동에 대해서도 털어놓았다. 강을 건너며 느꼈던 감정, 강이 자신을 향해 웃던 순간까지도 말했다.

그가 오랫동안 이야기하는 동안, 바사데바는 조용히 그의 이야기를 들었다. 싯다르타는 바사데바의 깊은 경청을 그 어느 때보다도 강하게 느꼈다. 자신의 고통과 불안이 바사데바에게로 흘러가고, 그의 희망도 바사데바에게로 흘러가 다시 자신에게 돌아오는 것을 느꼈다. 바사데바에게 상처를 드러내는 것은 마치 그 상처를 강물에 담그어 시원하게 하고 강과 하나가 되는 것과 같았다. 그가 여전히 고백을 이어가는 동안, 싯다르타는 바사데바가 더 이상 단순한 인간이 아니라는 느낌이 들었다. 그가 대화를 나누고 있는 것은 더 이상 바사데바가 아니라는 것, 이 침묵 속 경청자가 나무가 비를 흡수하듯 자신의 고백을 받아들이고 있다는 것을 느꼈다. 그는 그 침묵 속에서 강 그 자체를, 신을, 그리고 영원을 보고 있었다.

싯다르타는 자신과 자신의 상처에 대한 생각에서 벗어났을 때, 바사데바의 본질에 대한 깨달음이 그를 사로잡았다. 그는 그것을 느끼고 받아들일수록, 모든 것이 순리대로 자연스럽게 이루어지고 있음을 깨달았다. 바사데바는 오랫동안, 아마도 처음부터 이미 그 모습이었고, 자신만이 그를 온전히 이해하지 못했음을 알게 되었다. 이제 싯다르타는 자신 또한 바사데바와 다르지 않음을 깨달았다. 그는 그를 신을 바라보듯 바라보았지만, 이것이 오래 지속될 수 없음을 알고 있었다. 그의 마음은 바사데바와의 작별을 준비하고 있었으나, 그는 계속해서 이야기를 이어갔다.

싯다르타가 이야기를 마치자, 바사데바는 친절하지만 약간 힘이 빠진 눈빛으로 그를 바라보았다. 그는 아무 말도 하지 않았지만, 눈빛에는 사랑과 밝은 미소, 이해와 깊은 지혜가 담겨 있었다. 바사데바는 싯다르타의 손을 잡고 강가로 데려가 앉혔다. 그리고 강을 바라보며 미소 지었다.

"강이 웃는 소리를 들었지," 바사데바가 말했다.

"하지만 다 듣진 못했을 거야. 다시 한 번 들어보게, 더 많은 것을 들을 수 있을 거야."

둘은 귀를 기울였다. 강에서 울려 나오는 다양한 소리들이 부드럽게 노래처럼 흘러나왔다. 싯다르타는 물을 바라보았다. 물결 속에서 이미지들이 떠오르기 시작했다. 그의 아버지가 홀로 아들을 그리워하며 슬퍼하고 있었고, 그 자신도 아들에 대한 갈망으로 홀로 고통받고 있었다. 그의 아들 또한 젊은 욕망에 불타며 고독 속에서 자신의 길을 걸어가고 있었다. 세 사람 모두 각각의 목표에 사로잡혀 고통받고 있었다. 강은 그 고통의 목소리로 노래하고 있었다. 그 목소리는 갈망의 노래였고, 그 애처로운 소리가 흐르고 있었다.

"들리는가?" 바사데바가 조용히 물었다.

싯다르타는 고개를 끄덕였다.

"더 잘 들어보게." 바사데바가 속삭였다.

싯다르타는 더 집중하며 들으려고 애썼다. 아버지의 이미지, 자신의 이미지, 아들의 이미지가 서로 뒤섞이기 시작했다. 그 속에는 카말라의 모습도 잠시 나타났다가 사라졌고, 고빈다의 모습도 스쳐갔다. 이 모든 이미지가 하나로 합쳐졌다. 모두가 강이 되었고, 모두가 하나의 목표를 향해 갈망하고, 욕망하며, 고통받았다. 강의 목소리는 갈망으로 가득하고, 타오르는 고통과 채워지지 않는 욕망으로 차 있었다. 강은 그 자체로 목표를 향해 나아가고 있었다. 싯다르타는 자신과 모든 사람들, 그리고 그가 만났던 모든 사람들이 하나로 흘러가고 있음을 보았다. 모든 물줄기와 파도가 고통스럽게 목적지를 향해 나아가고 있었다.

그 목적지는 폭포이기도 하고, 호수이기도 하며, 급류이기도 하고, 바다이기도 했다. 하나의 목적지에 도달해도, 그 뒤엔 또 다른 목적지가 기다리고 있었다. 그리고 물은 증기로 변해 하늘로 올라가고, 다시 비가 되어 떨어져 샘이 되고, 시내가 되고, 강이 되어 또다시 새로운 목적지를 향해 흐르고 있었다.

그러나 그 갈망에 가득 찬 목소리는 점차 변하기 시작했다.

여전히 고통스러운 소리가 들렸지만, 그 외에도 다른 목소리들이 더해졌다. 기쁨과 고통의 목소리, 선과 악의 목소리, 웃음과 슬픔의 목소리가 수없이 함께 울렸다. 수백, 수천 개의 목소리가 어우러져 있었다.

싯다르타는 그 소리에 온전히 귀를 기울였다. 그는 이제 완벽한 경청자가 되었고, 그의 영혼은 비어 있었으며 모든 것을 흡수하고 있었다. 그는 마침내 듣는 법을 깨달았음을 느꼈다. 여러 번 이 목소리들을 들어왔지만, 오늘은 그 소리가 새롭게 다가왔다. 더 이상 기쁨과 슬픔, 어린아이와 성인의 목소리를 구별할 수 없었다. 그 모든 소리는 하나였다. 갈망의 애처로운 울음, 지혜로운 자의 웃음, 분노의 외침, 죽어가는 자의 신음이 모두 하나로 얽히고 연결되어 있었다. 모든 목소리, 모든 목표, 모든 갈망, 모든 고통, 기쁨과 슬픔, 선과 악이 모두 하나로 합쳐져 있었다. 그것이 바로 세상이었고, 강이었으며, 삶의 음악이었다.

그리고 싯다르타가 그 수천 개의 목소리로 이루어진 강의 노래에 주의를 기울였을 때, 그는 어느 하나의 소리만 듣지 않았다. 그는 자신의 영혼을 어떤 목소리에도 묶지 않고, 모든 소리를 함께 들었다. 전체를, 그 통일성을 들었다. 그러자 수천 개의 목소리가 하나의 단어로 수렴되는 듯했다. 그 단어는 '옴'이었다. 그것은 완성이었다.

"들리는가?" 바사데바의 눈빛이 다시 물었다.

밝게 빛나는 바사데바의 미소가 그의 주름진 얼굴 위에 떠올랐다. 마치 강의 수많은 소리들 위에 '옴'이 떠 있는 것처럼. 바사데바가 싯다르타를 바라볼 때, 그의 미소는 더욱 환하게 빛났고, 싯다르타의 얼굴에도 같은 미소가 떠올랐다. 그의 상처가 피어나고, 그의 고통이 빛으로 변하며, 그의 자아가 통일 속으로 흘러들어갔다.

이 순간, 싯다르타는 더 이상 운명과 싸우지 않았고, 더 이상 고통받지도 않았다. 그의 얼굴에는 더 이상 어떤 의지의 저항도 없이, 완성의 지혜가 피어났다. 그것은 세상과 삶의 흐름에 동의하며, 연민과 함께 흘러가는 통일된 존재의 기쁨이었다.

바사데바가 강가에서 일어나 싯다르타의 눈을 바라보았을 때, 그는 그 안에 지혜의 빛을 보았다. 바사데바는 조심스럽고 부드럽게 싯다르타의 어깨에 손을 얹고 말했다.

"이 순간을 기다렸네, 친구여. 이제 그 순간이 왔으니, 나는 떠나야 하네. 나는 오랫동안 이 순간을 기다려왔고, 뱃사공 바사데바로 살아왔네. 이제는 충분하네. 잘 있거라, 오두막이여. 잘 있거라, 강이여. 잘 있거라, 싯다르타여!"

싯다르타는 작별을 고하는 바사데바에게 깊이 고개 숙여 인사했다.

"나도 알고 있었다네," 그가 조용히 말했다.

"자네는 숲으로 가겠지?"

"그렇다네, 나는 숲으로 가네. 통일 속으로 들어가네,"

바사데바는 환하게 미소 지으며 말했다.

바사데바는 환한 얼굴로 떠나갔다. 싯다르타는 깊은 기쁨과 경건한 마음으로 그를 바라보았다. 그는 바사데바의 평화로운 걸음걸이를 지켜보았고, 그의 머리는 빛으로 가득 차 있었으며, 그의 모습은 그렇게 빛 속으로 사라져갔다.

12장

고빈다

⋮

고빈다는 깊이 몸을 굽혔다.
그의 눈에는 알 수 없는 눈물이 흘렀고,
그의 가슴속에서는 뜨거운 사랑과
겸손한 경외심이 타오르고 있었다.

고빈다

고빈다는 한때 다른 승려들과 함께 고타마의 제자들에게 기증된 정원에서 휴식을 취하고 있었다. 그는 강가에서 하루 거리 떨어진 곳에 사는 한 늙은 뱃사공에 대한 이야기를 들었다. 많은 사람들이 그 뱃사공을 현자라 부른다는 소식이었다. 고빈다는 길을 떠날 때 그 뱃사공을 만나기 위해 나룻배로 가는 길을 택했다. 그 뱃사공을 만나보고 싶었다. 평생 규율을 지키며 살아왔고, 젊은 승려들에게 연륜과 겸손함으로 존경받았지만, 마음속의 불안과 탐구심은 여전히 남아 있었다.

강가에 도착한 그는 늙은 뱃사공에게 강을 건너게 해달라고 부탁했다. 그들이 강 건너편에 도착했을 때, 고빈다는 뱃사공에게 말을 걸었다.

"뱃사공님, 당신께서는 우리 승려들과 순례자들에게 큰 도움을 주고 계십니다. 이미 많은 이들을 이 강을 건너게 해 주셨지요. 혹시, 당신도 길을 찾고 계신 구도자이신가요?"

싯다르타는 미소를 지으며 대답했다.

"자신을 구도자라 부르시다니, 존경하는 분이시여… 나이 지긋하신데다 고타마의 승려 옷을 입고 계신데 말입니다."

"저도 나이가 들었지만, 여전히 찾고 있습니다. 결코 찾는 것을 멈추지 않을 것입니다. 그것이 제 운명인 듯합니다. 뱃사공님께서 찾으신 것을 저에게 한 말씀으로 전해주실 수 있겠습니까?" 고빈다가 물었다.

싯다르타는 부드럽게 미소 지으며 대답했다.

"제가 무슨 말씀을 드릴 수 있을까요, 존경하는 분이시여… 아마도 이것 하나만 말씀드릴 수 있겠네요. 당신은 너무 많이 찾고 있는 것 같소. 그래서 찾지 못하는 게 아닐까요?"

"그게 무슨 뜻인가요?" 고빈다가 물었다.

"누군가가 찾으려 한다면, 그는 찾고 있는 것에만 눈을 고정하게 됩니다. 그러면 그 목표 외의 것에는 아무것도 보이지 않게 되지요. 그 마음엔 다른 것이 들어올 자리가 없습니다. 왜냐하면 목표에만 사로잡혀 있기 때문이지요. 찾는다는 것은 곧 목표를 갖는 것이고, 그것은 집착을 의미합니다. 그러나 '찾는 것'이 아닌 '발견하는 것'은 다릅니다. 그것은 목표가 없는 자유로운 상태입니다. 존경하는 분이시여, 당신은 진정한 구도자이실지 모르지만, 목표에 너무 집착하다 보면 눈앞에 있는 것을 놓칠 수도 있습니다." 싯다르타가 말했다.

"고맙소, 그러나 아직 완전히 이해하지는 못한 것 같군요."

"무슨 뜻인지 조금 더 설명해 주실 수 있겠습니까?" 고빈다가 말했다.

"오래전, 존경하는 친구여, 몇 해 전에 당신이 이 강가를 찾은 적이 있었지요. 그때 당신은 강가에서 잠든 한 사람을 발견하고 그의 곁에 앉아 잠을 지켜보았소. 하지만 그때 당신은 그 잠든 사람이 누군지 알아보지 못했었지요, 고빈다." 싯다르타가 말했다.

고빈다는 눈을 크게 뜨고 놀란 얼굴로 뱃사공의 눈을 바라보았다.

"자네였는가, 싯다르타?"

그는 조심스럽고 경외심이 어린 목소리로 물었다.

"이번에도 자네를 알아보지 못했군! 정말 반갑네, 싯다르타. 다시 만나게 되어 더할 수 없이 기쁘군! 예전과는 정말 달라졌네, 친구여. 그리고 이제 뱃사공이 되었군?"

싯다르타는 부드럽게 미소 지으며 대답했다.

"그래, 나는 이제 뱃사공이 되었네. 고빈다, 사람은 때로 크게 변하고, 여러 모습을 거치게 마련이지. 나도 그런 사람들 중 하나였네, 친구여. 환영하네, 고빈다. 오늘 밤 내 오두막에서 함께 지내며 쉬고 가게.”

고빈다는 그날 밤 오두막에서 지내며, 바사데바가 쓰던 잠자리에 몸을 뉘었다. 그는 싯다르타에게 여러 가지를 물었고, 싯다르타는 자신의 삶에 대해 많은 이야기를 들려주었다.

다음 날 아침, 떠날 시간이 다가오자 고빈다는 잠시 망설이다가 말했다.

“길을 떠나기 전에, 싯다르타, 한 가지만 더 물어봐도 될까? 자네에게는 어떤 가르침이 있는가? 삶을 이끄는 믿음이나 지혜가 있다면 그것을 듣고 싶네.”

“친구여, 내가 젊었을 때, 우리가 고행자들과 함께 숲에서 지냈을 때가 있었지. 나는 이미 그때 가르침과 스승을 믿지 않게 되어 그들을 떠났네. 그 이후로 내 신념은 크게 변하지 않았네. 그러나 그동안 나는 수많은 스승들을 만났네. 아름다운 창녀도 나의 스승이었고, 부유한 상인도 그랬으며, 주사위 놀이꾼들도 나의 스승이었지. 한때는 부처님의 제자 중 한 사람이 내 스승이었던 적도 있었네. 그가 내가 숲에서 잠들었을 때 내 곁에 앉아 있었지. 나는 그에게서도 배웠고, 깊이 감사하고 있네. 그러나 가장 큰 가르침을 준 것은 이 강이었고, 나의 선배였던 뱃사공 바사데바였네. 그는 매우 단순한 사람이었지만 필요한 것을 고타마만큼이나 잘 알고 있었지. 그는 완

221

전한 사람, 진정한 성인이었네."

"여전히, 오 싯다르타, 자네는 약간의 풍자를 즐기는군. 당신이 어떤 스승도 따르지 않았다는 것을 나도 잘 알고 있네. 하지만 내 생각에 자네 스스로도, 비록 그것이 가르침은 아닐지라도, 어떤 사상이나 깨달음을 얻었을걸세. 그것이 당신의 삶에 도움을 주었을 테고, 만약 그중 일부라도 나에게 나눠준다면 내 마음이 정말 기쁠걸세."

"생각해 본 적이 있네, 그리고 때로는 깨달음을 느낀 적도 있었지. 한 시간 동안, 혹은 하루 동안 지혜가 선명하게 다가온 적도 있었어. 그것은 마치 사람이 자신의 심장에서 생명의 기운을 느끼는 것과 같았지. 하지만 이 생각들을 전하는 것은 쉽지 않군. 들어보게, 고빈다. 내가 깨달은 것 중 하나는 이것이라네. - 지혜는 전할 수 있는 것이 아니라는것- 현자가 전하려는 지혜는 언제나 어리석음처럼 들리기 마련이지."

"농담하는건가?"

"농담이 아닐세. 내가 발견한 것을 말하고 있는걸세. 지식은 전할 수 있지만, 지혜는 전할 수 없지. 지혜는 스스로 깨닫고 경험을 통해 만날 수 있으며, 그 과정을 통해 놀라운 일을 해낼 수 있는 것이라네. 그러나 그것을 말로 가르칠 수는 없지. 이 점이 내가 젊었을 때 스승들로부터 멀어지게 된 이유였네. 또 하나 내가 깨달은 생각이 있는데, 고빈다, 자네는 이 말을 농담처럼 들을지도 모르지만, 나에게는 가장 중요한 깨달음이라네. 그 생각은 이것이지. 모든 진리의 반대도 진리라는 것이라네."

"그게 무슨 뜻인가?" 고빈다가 혼란스러운 듯 물었다.

"잘 들어보게, 친구여. 진리는 항상 한쪽 면만 드러낼 수밖에 없지. 우리는 어떤 진리의 한 면을 말할 수 있을 뿐이네. 진리가 말로 표현될 때, 그것은 단면적이고, 본래의 온전함을 잃게 되지. 온전한 원에서 벗어나게 되는 것이라네. 예를 들어, 고타마께서 세상을 가르칠 때, 그는 세상을 삶과 열반, 환상과 진리, 고통과 구원으로 나누어 설명할 수밖에 없었지. 가르침이라는 것이 본질적으로 그런 것이라네. 하지만 이 세상, 우리가 살고 있는 이 존재는 결코 일방적이지 않지. 사람도, 행동도 오직 삶이나 열반만으로 이루어진 것이 아니지. 사람은 완전한 성자도, 완전한 죄인도 될 수 없네. 우리는 시간이라는 것이 진짜라고 착각하기 때문에 그렇게 보일 뿐이지. 그러나 시간은 실재하지 않는다네, 고빈다. 나는 여러 번 이 사실을 깨달았네. 그리고 시간이 실제로 존재하지 않는다면, 세상과 영원, 고통과 행복, 선과 악의 차이도 모두 환상에 불과한 것이지."

"그게 무슨 뜻인가?" 고빈다가 약간 불안해하며 물었다.

"잘 들어보게, 친구여. 우리가 죄인이라는 사실은 부정할 수 없네. 그러나 언젠가는 우리가 다시 브라흐만이 되고, 열반에 도달하며, 부처가 될 것이라는 말도 하지. 하지만 생각해 보게, 그 '언젠가'라는 말 자체가 착각에 불과하네. 단지 비유일 뿐이지. 죄인이 부처가 되기 위해 한 걸음씩 나아간다는 생각은 우리 머릿속에서 만들어낸 상상에 지나지 않네. 아니, 죄인은 지금 이 순간에도 이미 미래의 부처를 품고 있는 걸세. 그 안에, 우리 안에, 모든 이 안에 이미 잠재된 부처가 있지.

세상은, 친구 고빈다, 결코 불완전하거나 완전을 향해 가고 있는 것이 아니네. 세상은 매 순간 완전하네. 모든 죄는 그 안에 은총을 품고 있고, 모든 어린아이는 그 안에 노인을 품고 있으며, 모든 아기는 이미 죽음을 지니고 있고, 모든 죽어가는 이는 영원한 생명을 품고 있지. 우리는 다른 이를 보며 그가 얼마나 진보했는지 판단할 수 없네. 도둑과 도박꾼 속에도 부처가 깃들어 있으며, 브라만 속에도 도둑이 깃들어 있다네. 깊은 명상 속에서는 시간을 초월하여 과거, 현재, 미래의 모든 삶을 동시에 볼 수 있지. 그곳에서는 모든 것이 좋고, 완전하며, 모두가 브라흐만일세.

그래서 나에게는 세상이 아름답게 보이는 걸세. 삶과 죽음, 죄와 성스러움, 지혜와 어리석음, 이 모든 것이 선하고, 모두가 필요한 것들이지. 모든 것은 내 동의와 사랑어린 이해가 있을 때, 나에게 해를 끼치지 않고 나를 도울 뿐이네. 나는 내 몸과 영혼을 통해 죄가 필요하다는 것을 깨달았다네. 나는 욕망, 재물에 대한 추구, 허영, 그리고 가장 처절한 절망이 필요했지. 그 모든 것을 통해 나는 저항을 내려놓고, 세상을 사랑하는 법을 배웠다네. 이제 더 이상 세상을 내가 상상한 완벽한 세계와 비교하지 않고, 있는 그대로의 세상을 사랑하며, 기꺼이 그 속에 속하게 되었지. 고빈다, 이것이 내가 떠올린 몇 가지 생각이네."

싯다르타는 몸을 굽혀 땅에서 돌 하나를 집어 들어 손에 올려놓고, 그 무게를 가늠하며 말했다.

"이것 좀 보게," 싯다르타는 장난스러운 미소를 지으며 말했다.

"이것은 돌이네. 시간이 흐르면 이 돌은 아마도 흙이 될 것이고, 그 흙에서 식물이 되거나 동물, 혹은 인간이 될 수도 있겠지. 예전의 나는 이렇게 생각했을 걸세. '이 돌은 그저 돌일 뿐이고, 아무 가치도 없으며 마야의 세계에 속한 것일 뿐이야.' 하지만 이 돌이 언젠가 변화를 거쳐 인간이나 영혼이 될 가능성이 있기에, 그 가능성에 가치를 두고 이 돌을 소중히 여겼을 거야. 그러나 지금은 다르게 생각하네. 이 돌은 돌일 뿐 아니라, 동시에 동물이기도 하고, 신이기도 하며, 부처이기도 하네. 나는 이 돌이 언젠가 무엇이 될 수 있기 때문에 존중하고 사랑하는 것이 아니라, 이 돌이 이미 모든 것이며, 언제나 그러했기 때문에 사랑하네. 지금 이 순간 돌의 모습으로 내 앞에 나타나 있기 때문에 이 돌을 사랑하는 것이지.

나는 이 돌의 모든 면을 소중히 여기고 있네. 이 작은 틈새들, 노란색과 회색의 빛깔, 그 단단함, 두드릴 때 들려오는 소리, 표면의 건조함과 습기까지도 말일세. 어떤 돌은 기름진 느낌을 주고, 또 어떤 돌은 나뭇잎이나 모래 같은 감촉을 주지. 각각의 돌이 저마다의 방식으로 '옴'을 기도하고 있는 셈일세. 각각이 브라흐만이면서도 동시에 그저 돌일 뿐이고, 그 돌의 기름짐이나 촉촉함 또한 그 본질이지. 이것이 나에게 경이롭고, 예배할 만한 가치가 있다고 생각하네.

하지만 여기서 말을 멈추는 게 좋겠군. 왜냐하면 이 신비로운 의미는 말로 설명하려 할 때 변질되기 시작하거든. 말로 표현할 때마다 언제나 조금씩 달라지고, 왜곡되며, 때로는 어리석게 느껴지기도 하네. 그러나 그것조차 나쁜 것은 아니지. 나는 그것에 만족하고 있네. 왜냐하면 한 사람의 보물이나 지혜가 다른 사람에게는 언제나 조금 어리석게 들리기 마련이니까."

고빈다는 조용히 그의 이야기를 경청했다.

"왜 내게 돌에 대한 이야기를 하는건가?" 고빈다가 잠시 후 조심스럽게 물었다.

"그건 의도한 게 아니네. 아마도 나는 단지 이 돌, 이 강, 그리고 우리가 보고 배울 수 있는 모든 것을 사랑하기 때문일지도 모르지. 나는 돌을 사랑할 수 있네, 고빈다. 나무도, 나무껍질 조각도 사랑할 수 있네. 그것들은 '사물'이기 때문이지. 사물은 실체를 지니고 있기에 사랑할 수 있네. 하지만 나는 말을 사랑할 수 없지. 그래서 가르침도 내겐 별 의미가 없네. 가르침에는 단단함도, 부드러움도, 색깔도, 모서리도, 냄새도, 맛도 없지. 그저 말일 뿐이네. 어쩌면 이것이 자네가 아직 평화를 찾지 못한 이유일지도 모르네. 너무 많은 말들이 자네를 방해하고 있는 것일 수 있지. 해탈, 덕, 삶과 죽음, 세상과 열반 이 모든 것이 단지 말일 뿐이네. '열반'이라는 것도 실제로 존재하는 어떤 것이 아니라, 그저 하나의 단어일 뿐이라네."

"열반은 단순한 단어가 아니네, 친구. 그것은 하나의 사상이기도 한다네." 고빈다가 반박했다.

"생각이라면 그렇게 볼 수도 있겠지. 하지만 솔직히 말해서, 고빈다여, 나는 생각과 말을 구분하지 않는다네. 나에게는 생각조차도 그렇게 중요하지 않네. 나는 사물들이 더 중요하다고 여기지. 예를 들어, 이 나룻배에서 일했던 나의 선배이자 스승이었던 한 성스러운 사람이 있었네. 그는 수년 동안 오직 강을 믿었지. 다른 그 무엇도 아닌 강을. 그는 강의 목소리가 그에게 말을 걸어오는 것을 알았고, 그 목소리로부터 배웠으며, 강이 그를 가르치고 이끌어주었다고 생각했지. 그에게 강은 신과도 같은 존재였네. 하지만 오랜 세월이 흐르고 나서야 그는 바람도, 구름도, 새도, 곤충도 모두 신성하다는 사실을 깨닫게 되었지. 그가 숲으로 떠났을 때, 그는 모든 것을 알게 되었네. 자네와 나보다 더 많이 알았지. 스승도, 책도 없이 오직 강을 믿은 덕분이었네."

"싯다르타, 하지만 자네가 말하는 그 '사물'들이 정말로 실재하는 것들인가? 그것들은 단지 마야의 환상에 불과하지 않나? 자네의 돌, 자네의 나무, 자네의 강—그것들이 진정으로 실재한다고 할 수 있는가?"

"이것도 나를 크게 신경 쓰지 않게 한다네. 만약 사물들이 환상이라면, 나 또한 환상일 것이니 우리 모두가 같은 존재일 뿐이지. 바로 그 점이 내가 그들을 사랑하고 존경하게 만드는 이유라네. 그들이 나와 같기 때문에, 나는 그들을 사랑할 수 있는 것이지. 이제 내가 말할 가르침은 아마도 자네를 웃게 할지도 모르겠군, 고빈다여, 사랑이야말로 모든 것 중 가장 중요한 것 같네. 세상을 이해하고 설명하고, 멸시하는 것은 위대한 사상가들의 일이겠지만, 나에게 중요한 것은 세상을 사랑할 수 있는 능력일 뿐이지. 세상을 미워하지 않고, 나자신을 미워하지 않으며, 세상과 나 그리고 모든 존재를 사랑과 경외심으로 바라볼 수 있는 능력 말일세." 싯다르타가 말했다.

"고타마께서도 이 부분을 환상으로 보셨다네," 고빈다가 응수했다.

"그분은 자비와 관용, 동정심과 인내를 가르치셨지만, 사랑에 마음을 묶는 것은 금하셨네."

"나도 알고 있네," 싯다르타가 말했다. 그의 미소가 따뜻하게 빛났다.

"고빈다, 우리는 지금 의견의 숲 속에, 말의 싸움 속에 들어와 있네. 내가 사랑에 대해 말한 것이 고타마의 가르침과 모순된다는 사실을 나도 부정하지 않겠네. 그러나 바로 그 점에서 나는 말이라는 것을 불신하네. 이 모순은 결국 환상에 불과하지. 나는 고타마와 내가 일치하고 있다는 걸 알고 있네. 그가 어떻게 사랑을 알지 못할 수 있었겠나? 그는 인간 존재의 덧없음과 무상함을 깨달았지만, 그럼에도 사람들을 너무나 사랑하여 그 긴, 고단한 삶을 오롯이 그들을 돕고 가르치는 데 바쳤다네. 고타마께서도, 당신의 위대한 스승께서도, 나는 말보다 행동을 더 소중하게 생각한다네. 그가 했던 행동과 그의 삶이 그가 했던 말보다 더 중요하네. 그의 작은 손짓 하나가 그가 가진 의견보다 더 많은 의미를 지니고 있지. 나는 그의 위대함을 말이 아닌 그의 행동과 삶 속에서 보았네."

두 노인은 한동안 침묵 속에 머물렀다. 잠시 후, 고빈다는 고개를 숙이며 조용히 말했다.

"고맙네, 싯다르타. 자네의 생각을 들려주어 감사하네. 그 생각들이 아직 전부 이해되지는 않지만, 낯설게 다가오기도 한다네. 그래도 괜찮군. 자네에게 감사하며, 평온한 나날이 계속되기를 기원하겠네."

그러나 고빈다는 속으로 생각했다.

'지금의 싯다르타는 참 신비한 사람이군. 그가 하는 말은 낯설고, 그의 가르침은 이해하기 어렵게 느껴져. 고타마의 명료하고 순수한 가르침과는 다르게, 싯다르타의 말은 더 복잡하고 때로 어리석게 들리기도 하는군. 그런데 이상한 것은 생각과는 달리 싯다르타의 손과 발, 그의 눈과 이마, 숨결과 미소, 그의 인사와 걸음걸이에는 무언가 특별한 것이 있는 것 같아. 고타마께서 열반에 드신 후로, 나는 이런 느낌을 주는 사람을 만나지 못했는데 싯다르타는 성자라 부를 만한 사람이 되었다는 생각이 드는군. 그의 가르침은 낯설고, 그의 말이 이상하게 들릴지는 몰라도, 그의 눈빛, 손길, 피부와 머리카락… 그 모든 것에서 순수함과 평온, 성스러움이 묻어나오고 있어. 고타마 이후로 이런 사람을 다시 본 적이 없는데…'

고빈다는 이렇게 생각하며 마음속에 갈등을 품은 채, 다시 한번 싯다르타에게 다가가 사랑과 존경을 담아 깊이 고개를 숙였다.

"우리는 이제 늙었네. 이 모습으로는 다시는 서로를 보지 못할지도 모르지. 나는 자네가 평온을 찾았다는 것을 알겠네. 하지만 나는 그 평온을 찾지 못했음을 고백하지. 제발, 존경하는 친구여, 마지막으로 내게 한 마디만 더 남겨 주게. 내가 이해할 수 있는 무언가를 말해 주게. 나의 길은 자주 험난하고 어두웠네, 싯다르타."

싯다르타는 고빈다를 바라보며 조용히 미소를 지었다. 고빈다는 두려움과 갈망, 고통과 끝없는 탐구가 담긴 눈으로 싯다르타의 얼굴을 응시했다. 그 눈에는 결코 채워지지 않은 갈망과 찾지 못한 답이 가득했다.

싯다르타는 고빈다의 마음을 알아차리고 조용히 미소를 지었다.

"내게로 오게," 그는 고빈다의 귀에 속삭였다.

"더 가까이 오게! 더 가까이! 그리고 나의 이마에 입을 맞추게, 고빈다여."

고빈다는 놀라움과 커다란 사랑, 예감에 이끌려 싯다르타의 말을 따랐다. 그는 싯다르타에게 가까이 다가가 그의 이마에 입을 맞추었다. 그러자 그에게 놀라운 일이 일어났다. 그의 생각은 여전히 싯다르타의 기이한 말들에 머물러 있었고, 시간의 개념을 넘어서 열반과 삼사라를 하나로 이해해 보려는 헛된 노력과 저항이 그의 마음을 가득 채우고 있었다. 심지어 친구의 말에 대한 약간의 경멸이 그의 큰 사랑과 경외심 속에서 충돌하고 있던 바로 그 순간, 그는 이것을 경험했다.

그는 더 이상 친구 싯다르타의 얼굴을 보지 않았다. 대신 수많은 얼굴들이 보였다. 끝없이 이어지는 얼굴들, 수백, 수천의 얼굴들이 나타났다가 사라지기를 반복했다. 모든 얼굴들이 한 순간에 존재하는 듯 보였다. 그 얼굴들은 끊임없이 변하고 새롭게 태어났지만, 그들 모두가 싯다르타였다. 그는 물고기의 얼굴을 보았다. 고통스럽게 입을 벌린 잉어의 얼굴, 죽어가며 눈이 흐려지는 물고기의 얼굴이었다. 그는 갓 태어난 아기의 얼굴을 보았다. 주름지고 빨갛게 일그러진 채 울음을 터뜨리던 아기의 얼굴이었다. 살인자의 얼굴도 보였다. 그가 칼로 사람의 몸을 찌르는 장면과 동시에, 그 살인자가 무릎을 꿇고 형사의 칼날에 의해 목이 잘려 나가는 장면도 보였다. 그는 남자와 여자가 격렬한 사랑을 나누는 모습과 차갑고 고요하게 누워 있는 시체들도 보았다. 그는 멧돼지, 악어, 코끼리, 황소, 새들의 얼굴도 보았다. 크리슈나와 아그니 같은 신들의 얼굴도 나타났다. 이 모든 형상과 얼굴들이 서로 복잡하게 얽혀 있었고, 서로 돕고, 사랑하고, 미워하고, 파괴하고, 새롭게 태어났다. 그것들은 모두 죽음을 맞으려 했으나 누구도 죽지 않고, 그저 변할 뿐이었다. 항상 새롭게 태어나 새로운 얼굴을 지니지만, 그 사이에 시간은 존재하지 않았다. 모든 얼굴과 형상들이 서로 얽히고, 떠다니며 끊임없이 변화하고 있었다.

그 모든 것 위에는 얇고 투명한 막 같은 것이 있었다. 마치 얇은 유리나 얼음, 물의 껍질처럼 투명한 막이 그 위를 덮고 있었다. 그 막은 미소를 띠고 있었다. 그 미소는 바로 싯다르타의 미소였다. 고빈다는 그 순간 입술로 그 미소를 느끼고 있었다. 그리고 그는 깨달았다. 이 미소, 이 모든 형상들 위에 떠 있는 미소, 수많은 탄생과 죽음 위에 떠 있는 이 미소는 바로 고타마, 즉 부처의 미소와 똑같았다. 고빈다는 그 미소를 수백 번이나 경외심을 품고 바라본 적이 있었다. 그리고 그는 알았다. 이 미소가 완성된 자들의 미소라는 것을…

고빈다는 시간이 있는지조차 알지 못했다. 이 순간이 한 순간인지 백 년인지 알 수 없었다. 그가 보고 있는 것이 싯다르타인지, 고타마인지, 자신인지, 타인인지조차 알 수 없었다. 그의 마음 깊은 곳에서 신성한 화살에 맞은 듯한 느낌이 일었다. 그 상처는 달콤한 고통이었다. 그의 마음은 마법에 걸린 듯 녹아내렸고, 그는 여전히 싯다르타의 얼굴 위에 몸을 기울이고 있었다. 그 얼굴은 조금도 변하지 않았다. 그 표면 아래에서 수많은 형상들이 다시 사라진 후에도, 그 얼굴은 조용히 미소를 짓고 있었다. 그 미소는 여전히 조용하고 부드러우며, 때로는 자비롭게, 때로는 조롱하듯 미소 짓고 있었다. 마치 고타마의 미소와 똑같았다.

　고빈다는 깊이 몸을 굽혔다. 그의 눈에는 알 수 없는 눈물이 흘렀고, 그의 가슴속에서는 뜨거운 사랑과 겸손한 경외심이 타오르고 있었다. 그는 땅에 닿을 정도로 몸을 깊이 숙였다. 고요히 앉아 있는 싯다르타 앞에서, 그 미소는 그의 삶에서 사랑했던 모든 것, 소중히 여겼던 모든 것을 상기시켜 주었다. 그 미소는 그의 인생에서 그가 신성하게 여겼던 모든 것을 담고 있었다.

THE END

작품 해설

헤르만 헤세의 소설 『싯다르타』는 동서양 사상을 문학적으로 형상화한 대표작으로, 인간의 내적 성장과 깨달음을 다룬다. 주인공 싯다르타는 기존의 종교와 사상에서 만족을 찾지 못하고, 진리를 스스로 경험을 통해 깨닫고자 한다. 소설은 그의 여정을 세 가지 주요 단계로 나누어 서술하며, 각 단계에서 인물의 성숙과 변화가 상세히 드러나고 있다.

첫 번째 단계는 "탐구와 거부"이다. 싯다르타는 브라만 가문의 아들로서 전통적인 종교적 가르침을 받으며 자랐다. 그는 부모와 스승의 가르침에서 진리를 찾을 수 없다는 의구심을 품는다. 싯다르타는 자신이 배우는 종교적 의례와 교리들이 외형적일 뿐이며, 참된 내적 깨달음을 줄 수 없다고 느끼고 있다. 이러한 불만족은 그를 친구 고빈다와 함께 사문이 되는 길로 이끈다. 그는 고행과 명상에 몰두하며 극단적인 자기 부정을 실천했지만, 그것조차도 깨달음으로 이어지지 않음을 깨닫는다. 그러던 중 그는 당시 위대한 스승으로 칭송받던 부처를 찾아가 그의 가르침과 평정을 경험한다. 부처의 깨달음은 깊은 감동을 주었으나, 싯다르타는 자신의 깨달음은 타인의 가르침으로 이루어질 수 없다고 판단한다. 그는 부처에게 경의를 표하며 스스로의 길을 찾기 위해 떠난다. 이 단계는 기존 체계와 권위에 대한 의심과 독립적 탐구의 중요성을 상징하고 있다.

두 번째 단계는 "세속적 삶과 방황"이다. 싯다르타는 세속 세계로 들어가 인간적 경험을 통해 삶을 이해하려 하고 있다. 그는 카말라라는 여인을 만나 사랑과 쾌락을 배우며, 상인 카마스와미와 함께 상업에 종사하며 부를 쌓는다. 그는 세속적 성공과 육체적 쾌락의 달콤함에 빠지지만, 시간이 지날수록 내면의 공허함과 환멸을 느끼고 있다. 물질적 풍요는 일시적 만족을 줄 뿐, 진정한 깨달음과는 거리가 멀다는 것을 깨닫게 된다. 싯다르타는 자신의 삶이 방향을 잃고 타락하고 있음을 자각하고, 모든 것을 버리고 다시 방황의 길로 들어선다. 이 과정은 인간이 본질적인 깨달음을 얻기 전에 겪게 되는 방황과 환멸의 단계를 상징하며, 삶의 어두운 측면에 대한 깊은 이해를 가져오고 있다. 그는 유혹과 실패를 통해 인간이 겪을 수 있는 다양한 감정과 경험을 포괄적으로 탐구하며, 이것이 깨달음으로 향하는 발판이 되고 있다.

세 번째 단계는 "자연과의 합일과 깨달음"이다. 모든 것을 내려놓은 싯다르타는 강가에서 뱃사공 바사데바를 만나 그의 곁에서 생활하게 된다. 바사데바는 말을 많이 하지 않으나, 그의 존재 자체가 깊은 평온과 지혜를 상징하고 있다. 싯다르타는 바사데바와 함께 강에서 노를 저으며, 강이 지닌 심오한 상징성을 깨닫고 있다. 강은 시간과 영원의 흐름, 삶과 죽음의 순환, 모든 것이 연결된 일체성을 나타낸다. 그는 강의 소리를 들으며 삶의 진리를 이해하게 된다. 과거와 현재, 미래가 모두 강의 흐름 속에 존재하며, 모든 경험이 하나로 연결되어 있음을 깨닫는다. 이러한 깨달음은 이분법적 사고를 초월하고, 고통과 환희, 선과 악을 포함한 삶의 모든 측면을 수용하는 통합적 시각을 제공하고 있다. 바사데바와의 교류는 싯다르타에게 내면의 평화와 깨달음을 얻는 방법을 제시하는 동시에, 자연과의 조화를 통한 진정한 지혜의 의미를 일깨우고 있다.

『싯다르타』는 단순히 한 개인의 깨달음에 그치지 않고, 인간 존재의 본질과 삶의 진리를 탐구하고 있으며, 작품은 "진리는 가르침이 아닌, 경험을 통해 얻어진다"는 메시지를 중심에 두고 있다. 싯다르타가 부처의 가르침조차 거부한 이유는 각 개인이 고유한 방식으로 깨달음을 찾아야 한다는 깨달음 때문이다. 그는 고행과 명상, 세속적 삶, 자연과의 교감을 통해 자신의 길을 발견하고 진리를 얻는다. 싯다르타의 여정은 독자들에게 각자의 삶 속에서 의미를 찾고 깨달음을 얻는 방법에 대해 깊은 성찰을 제안하고 있다.

소설은 강렬한 상징성을 통해 삶과 깨달음의 과정을 전달하고 있다. 싯다르타의 여정은 각자가 걸어야 할 삶의 길을 상징하며, 그의 깨달음은 모든 고통과 환희를 아우르는 통합적 시각을 보여주고 있다. 강은 이 작품의 중심 상징으로, 시간, 변화, 순환, 그리고 영원의 개념을 함축하고 있다. 강은 또한 인간 존재의 복잡성을 포용하는 자연의 본질을 대변하며, 싯다르타가 이를 통해 진정한 내적 자유를 얻는 과정을 묘사하고 있다. 강의 흐름은 끊임없이 변화하지만 본질적으로 변하지 않는 진리의 상징으로 작용하며, 싯다르타에게 통합적 깨달음의 도구가 된다. 바사데바는 자연과 조화롭게 사는 지혜를 상징하며, 싯다르타에게 내면의 평화와 깨달음으로 나아가는 길을 제시하고 있다. 또한 독자들에게도 깊은 울림을 주며, 삶의 복잡성과 모순 속에서 의미를 발견하도록 독려하고 있다. 이 작품은 동양 사상을 서양에 소개하며 철학적 깊이를 문학으로 승화시킨 점에서 그 의의가 크다. 삶의 의미와 인간의 본질에 대한 질문을 던지는 『싯다르타』는 문학적, 철학적 가치를 동시에 지닌 불멸의 고전으로 평가받는다. 싯다르타의 여정은 단순한 이야기를 넘어 보편적인 인간의 삶을 비추는 거울과 같다. 그의 여정은 독자들에게 자신만의 길을 찾아가는 용기와 자기 탐구의 중요성을 강조하며, 시대를 초월하는 메시지를 전하고 있다. 싯다르타가 겪은 경험과 깨달음은 현대를 사는 독자들에게도 각자의 삶을 깊이 돌아보게 만드는 계기가 되고 있다. 그는 자신이 겪은 고통과 성취를 통해, 인간 존재의 진리를 찾으려는 모든 이들에게 영감을 주고 있다.

깨달음의 길은 어디에 있는가

싯다르타

초판 1쇄 발행 2025년 1월 31일

지은이   헤르만 헤세

옮긴이   랭브릿지

발행인   박용범

펴낸곳   리프레시

출판등록 제 2015-000024호 (2015년 11월 19일)

주소   경기 의정부시 서광로 135, 405호

전화   031-876-9574

팩스   031-879-9574

이메일   mydtp@naver.com

편집책임 박용범

디자인 리프레시 디자인팀

마케팅 JH커뮤니케이션

ISBN 979-11-979516-5-7 (13850)